Goosebumps®

Goosebumps®

Goosebumps®

雞皮疙瘩 41

驚嚇街的恐怖生物

A Shocker on Shock Street

R.L. 史坦恩（R.L.STINE）◎著

連婉婷◎譯

致台灣讀者

讀者們，請小心……

我是R・L・史坦恩，歡迎到「雞皮疙瘩」的可怕世界裡來。

你是否曾在深夜裡聽到過奇怪的嚎叫？你是否曾在黑暗中聽到腳步聲——卻根本看不到人？你是否見過神祕可怖的陰影，幽幽暗處有眼睛在窺視著你，或者身後有聲音叫你的名字？

如果是這樣，你應該了解那種奇特的發麻的感覺——那種給你一身雞皮疙瘩、被嚇呆的感覺。

在這些書裡，幽靈在閣樓上竊竊低語；膽顫心驚的孩子忽而隱形；稻草人活了，在田野裡走來走去；木偶和布娃娃也有生命，到處嚇人。

當然，這些都是磨礪心志的好玩的嚇人事。我希望你們感到害怕，同時也希望你們大笑。這都是想像出來的故事。當然，最可怕的地方在你們自己心裡。

過個害怕的一天吧！

R L Stine

出版緣起

人生從奇幻冒險開始

城邦媒體集團首席執行長 何飛鵬

我的八到十二歲是在《三劍客》、《基度山恩仇記》、《乞丐王子》中度過的。可是現在的小孩有更新奇的玩具、電玩、漫畫，以及迪士尼樂園等。

八到十二歲，正是孩子從字數極少、以圖畫為主的繪本閱讀，跨越到漸漸以文字閱讀為主的時期。也正是訓練孩子從圖像式思考，轉變成文字思考的重要階段。在這個階段，養成長期的文字閱讀習慣，能培養孩子敘事、分析、推理的邏輯思辨能力，奠定良好的寫作實力與數理學力基礎。

然而，現在的父母擔心，大環境造成了習於圖像、不擅思考、討厭文字的一代。什麼力量能讓孩子重回閱讀的懷抱呢？

全球銷售三億五千萬冊的「雞皮疙瘩」，正是為了滿足此一年齡層的孩子的需求而誕生的！

無論是校園怪奇傳說、墓地探險、鬼屋驚魂，或是與木乃伊、外星人、幽靈、吸血鬼、殭屍、怪物、精靈、傀儡相遇過招，這些孩子們的腦袋裡經常出現的角色或想像，經由作者的生花妙筆，營造出一個個讓孩子們縱橫馳騁的魔幻時空、光怪陸離的神奇異界，經歷各種危急險難，最終卻又能安全地化險爲夷。這樣的冒險犯難，無論男孩女孩，無不拍案稱奇、心怡神醉！

本系列作品被譯爲三十二種語言版本，並在全球數十個國家出版，創下了出版史上多項的輝煌紀錄，廣受世界各地孩子的喜愛。作者史坦恩表示，這套作品之所以成功，是因爲多年的兒童雜誌編輯工作，讓他對兒童心理和兒童閱讀需求有了深刻理解——他知道什麼能逗兒童發笑，什麼能使他們戰慄。

我們誠摯地希望臺灣的孩子也能和世界上其他的孩子一樣，有更豐富多元的閱讀選擇。更希望藉由這套融合驚險恐怖與滑稽幽默於一爐，情節緊湊又緊張的「雞皮疙瘩系列叢書」，重拾八到十二歲孩子的閱讀興趣，從而建立他們的閱讀習慣，擁有一個快樂學習的童年。

現在，我們一起繫好安全帶，放膽體驗前所未有的驚異奇航吧！

專文推薦

戰慄娛人的鬼故事

國立臺北教育大學語文與創作系兒童文學教授　廖卓成

這套書很適合愛看鬼故事的讀者。

文學的趣味不止一端，莞爾會心是趣味，熱鬧誇張是趣味，刺激驚悚也是趣味。有人擔心鬼故事助長迷信，其實古典小說中，也有志怪小說一類，《聊齋誌異》就有不少鬼故事。何況，這套書的作者開宗明義的說：「這都是想像出來的故事」，不必當眞。

既然恐怖電影可以看，看鬼故事似乎也無妨；考試的書讀久了，偶爾調劑一下，對頭腦卻是有益。當然，如果看鬼片會連續失眠，妨害日常生活，那就不宜勉強了。

雋永的文學作品，應該有深刻的內涵；但不少兒童文學作品說教有餘，趣味不足。只要有趣味，而且不是害人爲樂的惡趣，就是好的作品。鮑姆（Baum）在《綠野仙蹤》的序言裡，挑明了他寫書就是爲了娛樂讀者。

倒是內行的讀者，不妨考校一下自己的功力，留意這套書的敘事技巧，由主角「我」來講故事，有甚麼效果？書中衝突的設計與化解，是否意想不到又合情合理？能不能有不同的設計？會不會更好？這是另一種引人入勝之處。

導讀

結局只是另一場驚嚇的開始

耿一偉
臺北藝術節藝術總監
臺北藝術大學戲劇系兼任助理教授

不知道大家還記不記得，小時候玩遊戲，比如捉迷藏等，都會有一個人要當鬼。鬼在這個遊戲中很重要，沒有鬼來捉人，遊戲就不好玩。這些遊戲的關鍵特色，不是人要去消滅鬼，而是要去享受人被鬼追的刺激樂趣。所以當鬼捉到人後，不是遊戲就結束，而是下一個人要去當鬼。於是，當鬼反而是件苦差事，因為捉人沒有樂趣，恨不得趕快找人來替代。所以遊戲不能沒有鬼，不然這個遊戲就不好玩了。

在史坦恩的「雞皮疙瘩系列」中，這些鬼所扮演的角色也是類似遊戲中的鬼，給我帶來閱讀與想像的刺激。各位讀者如果留意一下，會發現在他的小說中，都有一個類似的現象，就是結局往往不是一個對抗式的終局，一種善惡誓不兩立，以消滅魔鬼為最終目標的故事——這比較是屬於成人恐怖片的模式，不是你死，就是人類全部變殭屍。但「雞皮疙瘩系列」中，你的雞皮疙瘩起來了，可是結尾的時候，鬼並不是死了，而是類似遊戲一樣，這些鬼換了另一種角色，而且有下一場遊戲又要繼續開始的感覺。

礙於閱讀的樂趣，我無法在此對故事結局說太多，但各位看完小說時，可以再回想我在這裡說的，就知道，「雞皮疙瘩系列」跟遊戲之間，的確有類似性。換另一個角度來看，這些主角大多為青少年，他們在生活中碰到的問題，如搬家面對新環境、男生女生的尷尬期、霸凌、友誼等，都在故事過程一一碰觸。

「雞皮疙瘩系列」令人愛不釋手的原因，也在於表面上好像主角是鬼，但讀到一半，你會感覺到，故事的重點不知不覺地從這些鬼怪轉移到那些被追的青少年身上，鬼可不可怕不是重點，重點是被追的過程中，一些青少年生活中的苦悶，也被突顯放大，甚至在故事中被解決了。所以你會在某種程度感受到，這本書的內容是在講你，在講你的生活，在講你的世界，鬼的出現，只是把這些青春期的事件給激化了。

另一個有趣的現象，是從日常生活轉入魔幻世界的關鍵點，往往發生在父母不在身邊，然後主角闖入不熟識空間的時候——比如《魔血》是主角暫住到姑婆家、《吸血鬼的鬼氣》是闖入地下室的祕道、《我的新家是鬼屋》是新家的詭異房間……等等。

因爲誤闖這些空間，奇怪的靈異事件開始打斷平凡無趣的日常軌道，一段冒險展開了，一場你追我跑的遊戲開始進行，而父母們往往對此毫無所悉，不知道自己的兒女在故事結束時，已經有所變化，變得更負責任，更勇敢。

「雞皮疙瘩系列」的意義，也在這個地方。在平凡無奇充滿壓力的青春期校園生活中，有那麼多不快樂、有那麼多鬼怪現象在生活中困擾著我們，但這無法跟家長說，因爲他們不能理解，他們看不到我們看到的。但透過閱讀，透過想像力所引發的鬼捉人遊戲，這些不滿被發洩，這些被學校所壓抑的精力被釋放了。

幸好有這些鬼怪的陪伴，日子不再那麼無聊，世界可以靠自己的力量改變。

終究，在青少年的世界裡，鬼怪並不是那麼可怕，在史坦恩的小說中，也往往會有主角最後拯救了這些鬼怪的情形，彷彿他們不是惡鬼，而比較像誤闖人類世界的外星人……這也是青少年的焦慮，他們正準備降臨成人世界，這件事讓他們起了雞皮疙瘩！！

這句英文怎麼說

我能看見他眼中的恐懼。
I could see the fear in his eyes.

1.

「艾琳，這有點嚇人……」我的朋友馬蒂抓著我的袖子說。

「放手！」我小聲說，「你抓得我好痛！」

馬蒂似乎沒有聽到，他抓著我的手臂，直盯著前方一片黑暗。

「馬蒂，請你放開我。」我甩開手臂掙脫了。

其實我也很害怕，但是我不想承認。

那裡比最黑暗的夜晚還要黑。我用力瞇著眼，想要看清東西，接著一道灰色的光在我們面前微弱地發著光。

馬蒂低頭躲了起來。即使在朦朧的光線下，我也能看見他眼中的恐懼。

他再一次緊緊抓住我的手臂，驚訝地張大嘴巴。我能聽到他沉重又急促的呼

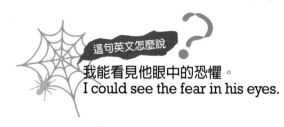

吸聲。

雖然我也有被嚇到，但我卻露出了笑容，因爲我喜歡看到馬蒂害怕的樣子。

我眞的樂在其中。

我知道，這想法眞是太糟糕了。

我承認，艾琳・萊特是個壞人。

我到底算什麼朋友嘛！

但是馬蒂總是吹噓他比我勇敢。大多時候他是對的，通常他是勇敢的那一個，而我是懦弱怕事的人。

不過今天可是例外。

這就是爲什麼看到馬蒂驚恐地喘著氣，又抓著我的手臂時，能使我微笑。

我們前方的灰色光線慢慢變亮。

我聽到了位在我們兩側的卡滋聲，以及緊鄰我背後某人的咳嗽聲。但是馬蒂和我沒有轉身，我們的眼睛持續直視前方。

等待著，觀看著……

這句英文怎麼說

有人試圖衝出柵欄嗎？
Was someone trying to break through the fence?

我瞇起眼睛看著灰光，眼前突然出現一道長長的木柵欄，表面的油漆已經褪色剝落，柵欄上有一個手寫的標語：不准入內，就是在說你。

接著耳邊響起刮擦聲，馬蒂和我都倒抽一口氣。

一開始聲音很輕，接著大了起來，就像巨大爪子刮在柵欄的另一邊。

我試著吞口水，卻感到嘴巴一陣乾澀。此時我有股想要逃跑的欲望，想盡可能迅速地轉身逃走。

但是我不能留下馬蒂獨自一人在這裡，更何況如果我現在逃走，他永遠不會讓我忘記這件事，會一輩子拿來取笑我。

所以我留在他身邊，聽著爪子刮聲，變成了撞擊聲，然後是撞毀的巨響。

有人試圖衝出柵欄嗎？

我們沿著柵欄快速移動，不停地加快，直到高大斑駁的柵欄變成一片模糊的灰色。

那個聲音依舊尾隨我們，沉重的腳步聲就踩踏在柵欄的另一邊。

我們直瞪著前方，踏上一條空曠的街道，一條熟悉的街道。

是的，我們來過這裡。

人行道上佈滿了雨水坑，水坑在路燈的蒼白光線下閃閃發光。

我深吸一口氣。

馬蒂更大力地抓著我的手臂。

我們的嘴巴因驚恐張開著。

令我們害怕的是，柵欄開始搖動，整條街都在震動，水坑中的水濺灑在路邊。

腳步聲轟隆隆地越來越近。

「馬蒂……」我上氣不接下氣地低聲說。

在我說出任何一個字之前，柵欄應聲瓦解在地上，怪物暴衝而出。

牠的頭像狼一樣，上下顎咬著閃閃發光的潔白牙齒，身體像隻巨大的螃蟹。

牠卡嗒卡嗒地擺動著四隻巨大螯足，扯開嗓嘶啞地吼叫。

「不——！」馬蒂和我同時發出驚恐的哀號。

我們跳了起來，卻發現無處可逃。

這句英文怎麼說

我深吸一口氣。
I took a deep breath.

2.

當狼蟹爬向我們時，我們只能直挺挺地瞪著看。

「請坐下來，孩子們，」一個聲音從我們身後喊出來，「我看不見螢幕。」

「噓——！」其他人小聲說道。

馬蒂和我互瞥了一眼，我想我們都覺得自己像蠢蛋，至少我知道自己是。

我們坐回位子上，看著狼蟹奔跑過街道，追著一個騎著三輪車的小男孩。

「妳有事嗎，艾琳？」馬蒂搖了搖頭，「這只是一部電影，為什麼妳要叫成那樣？」

「你也叫了啊！」我憤怒地回答。

「我叫是因為妳在叫！」

「噓——！」某人出聲制止。

我往下沉入座位中，聽見周圍充滿卡滋聲，那是觀眾在吃爆米花的聲音，還有人在我後面咳嗽。

螢幕上，狼蟹伸出牠的紅色大鉗子，抓住了三輪車上的小男孩，一口接一口咬著。

永別了，孩子。

電影院裡有些人笑出了聲。這的確很有趣。

這就是《驚嚇街的恐怖生物》系列電影最棒的地方，因爲它們讓你同時尖叫和大笑。

馬蒂和我往後坐好，享受剩下的電影。

我們喜歡恐怖片，但是《驚嚇街》系列電影是我們的最愛。

在電影的結尾，警察抓住了狼蟹，他們用一大鍋水烹煮牠，將煮熟的狼蟹獻給整個城鎮，大家坐在一起沾著奶油醬吃，還說牠非常美味。

這眞是完美的結局，馬蒂和我一起鼓掌歡呼。

這句英文怎麼說

馬蒂從後面用力撞了我一下。
Marty bumped me hard from behind.

馬蒂將兩隻手指放進嘴巴，按照他一貫的方式透過牙齒吹出口哨。

我們剛才看的是《驚嚇街的恐怖生物六》，這絕對是系列中最棒的一部。

電影院的燈光亮起後，我們步上走道，開始穿梭在人群中。

「很棒的特效。」一個男人告訴他的朋友。

「特效？」那位朋友回答，「我認為全部都是眞的！」

他們同時大笑出聲。

馬蒂從後面用力撞了我一下，他覺得嘗試撞倒我很有趣。「電影非常好看。」

我轉身面對他，「啥？非常好？」

「好吧，這部不夠恐怖，事實上，它有點幼稚，《恐怖生物五》比較可怕。」

我翻了翻白眼，「馬蒂，你剛才大聲尖叫，記得嗎？你跳出座位，還抓住我的手臂……」

「我會那樣做，是因爲我看到妳很害怕。」他咧嘴笑。

眞是一個騙子！當他很害怕時，爲什麼從來不肯承認呢？

他伸出穿著運動鞋的腳，試圖絆倒我。

我向左躲開，腳步踉蹌，猛然撞在一個年輕女人身上。

「喂——看路好嗎！」她大聲喊道，「你們這對雙胞胎應該當心點。」

「我們不是雙胞胎！」馬蒂和我異口同聲地大喊。

我們也不是兄弟姊妹，更沒有任何血緣關係。但是大家總以爲馬蒂和我是雙胞胎。

我猜是因爲我們看起來有許多相似的地方：年紀都是十二歲，身材矮胖，有著圓圓的臉、黑色短髮和藍色眼睛，還有稍微往上翻的小鼻子。

但我們不是雙胞胎，我們只是朋友而已。

我向那個女人道歉。

當我轉身走向馬蒂，他伸出了腳，打算再一次絆倒我。

我被絆到，但很快恢復了平衡，接著換我伸出腳絆倒他。

我們在長形大廳裡不停地絆倒對方。大家都盯著我們看，但我們不在乎，笑得很開心。

「你知道這部電影中最酷的事情是什麼嗎？」我問。

這句英文怎麼說

我猜是因為我們看起來有許多相似的地方。
I guess we do look a lot alike.

「不知道，是什麼？」

「我們是全世界第一個看這部電影的小孩！」我大喊。

「耶——！」馬蒂和我互相擊掌。

我們剛剛看了《驚嚇街的恐怖生物六》的特別試映會。

我爸爸和很多電影人一起工作，他替我們買了票，電影院裡的其他觀眾都是成年人，馬蒂和我是唯一的小孩子。

「知道還有什麼也很酷嗎？」我問，「那些怪物全部都很酷，牠們看起來就像眞的一樣，根本不像特效。」

馬蒂皺眉道：「是喔，我覺得電鰻女看起來很假，她不像鰻魚，反倒像一隻大蚯蚓！」

我笑道：「既然這樣，當她射出一股電力並炸掉那幫青少年時，爲什麼你從座位上跳了起來？」

「我沒有跳起來，跳起來的是妳！」

「我才沒有！你跳起來是因爲她看起來就像眞的一樣，」我說，「當有毒的爬行物從核廢料坑中跳出來時，我聽見你一口氣接不上來的聲音。」

「我只是被巧克力牛奶糖噎到了。」

「你很害怕，馬蒂，因爲牠跟眞的一樣。」

「嘿——假如牠們都是眞的呢!?」馬蒂驚叫，「假如那些不是特效，都是眞的怪物怎麼辦？」

「你別傻了。」我回應。

我們轉彎進入另一個大廳。

狼蟹就站在那裡等著我。

我甚至沒有時間尖叫。

牠在長聲的狼嚎中，張開了佈滿牙齒的下顎，用兩隻巨大的紅色鉗子纏住我的腰。

3.

我張開嘴巴尖叫，卻喊不出聲音。

我聽見人們的笑聲。

大鉗子從我的腰上鬆開，那只是一對塑膠蟹螯。

我看到一對黑色眼睛透過狼面具盯著我看。我早該知道是一個人穿著戲服假扮的，只是我沒想到他會站在那裡。

我感到驚訝，僅此而已。

一道白色閃光令我眨了眨眼睛，一個男人拍下這個怪物的照片。我瞧見牆上掛著一個紅色和黃色的標語：看電影——接著玩線上遊戲。

「如果嚇到了妳，我很抱歉。」穿著狼蟹裝的人輕聲說。

「她很容易嚇到。」馬蒂在一旁補槍。

我用力推了馬蒂一下，然後我們就匆匆走開了。

我轉身看那個用蟹螯對我揮手的怪物。「我們必須上樓去見我爸。」我跟馬蒂說。

「說點我不知道的事好嗎？」

他覺得自己這樣很幽默。

爸爸的辦公室在電影院樓上，位於二十九樓。我們慢跑到大廳盡頭，搭了一部往上的電梯。

爸爸有一個非常酷的工作，他打造主題樂園，而且設計各種遊樂設施。

他是史前主題樂園的設計師之一。那是一個能讓你回到史前時代的大型主題樂園，有各種絕妙的遊樂設施和表演，還有數十個巨大恐龍機器人在四處閒逛。

爸爸還參與製作了奇幻電影製片廠導覽，來到好萊塢的每個人都會參加這個導覽行程。

這句英文怎麼說

說點我不知道的事好嗎？
Tell me something I don't know.

爸爸的構思是當你走過一個巨大的電影螢幕時，會發現自己處於電影角色的世界，你可以在任何一部想要加入的電影中擔任主角！

我知道這聽起來像在吹牛，但是爸爸眞的很聰明，而且他是一個不折不扣的程式設計天才！

我認爲他是世界級的機器人專家，他可以製造會做任何事的機器人！並且在他的樂園和製片廠導覽中運用它們。

馬蒂和我在二十九樓走出電梯。我們向前台的女士揮手打招呼，接著匆匆趕到爸爸位於大廳盡頭的辦公室。

這裡看起來更像是遊戲室而不是辦公室，是一個大房間，眞的很大，裡面到處都是玩具、卡通人物絨毛玩偶、電影海報和怪物模型。

馬蒂和我喜歡在辦公室裡到處閒逛，看著所有好玩的東西。

在牆上，有十幾張不同電影的漂亮海報。長桌上有一個叫做「翻筋斗者」的模型，是他設計的上下顚倒雲霄飛車，這款模型的車子不太會在軌道上發出刺耳的聲音。

他還有很多出自《驚嚇街》的有趣玩意兒。例如一隻狼女孩在《驚嚇街的夢魘》中穿戴過的毛茸爪子，他將它保存在窗台上的玻璃盒裡。

他有軌道電車、小火車、飛機和火箭的模型，甚至有一個大型的銀色塑膠飛艇，能用無線電操控，他可以讓它在辦公室裡到處飄移。

這地方眞是太棒了！我覺得爸爸的辦公室是全世界最快樂的地方。

不過今天當馬蒂和我踏進去時，爸爸看起來不太快樂，他將電話貼在耳朵，身體蜷縮在辦公桌前，頭低低的，眼睛朝下。當他對著電話咕噥時，一隻手緊按著額頭。

爸爸和我長得一點也不像，我個子矮小且膚色黑，他身材高瘦，有一頭金髮，但剩下沒多少根頭髮，他的禿頭滿嚴重的。

他的皮膚容易變紅，當他說話時，臉頰會變成粉紅色。而且他戴著大大的圓形黑框眼鏡，擋住了他的棕色眼睛。

馬蒂和我停在門口。我覺得爸爸沒看見我們，他往下瞪著桌子看。

他的領帶已經拉開，襯衫的領子敞開著。

這句英文怎麼說

爸爸和我長得一點也不像。
Dad and I don’t look at all alike.

他咕噥了一會兒。

馬蒂和我悄悄走進辦公室。

終於，爸爸放下了電話，抬起頭看見了我們。「喔，嗨，你們兩個。」他輕聲喊道，臉頰轉變爲亮粉色。

「爸爸，怎麼了？」我問。

他嘆了一口氣，摘下眼鏡後捏一捏鼻樑，「我有一個壞消息，艾琳，非常糟糕的消息。」

4.

「爸爸，是什麼壞消息？」我喊道。

接著我看見他臉上慢慢展露微笑，我知道自己又被耍了。

「騙妳的！」他說，棕色眼睛開心地發亮，臉頰透著明亮的粉紅色，「我又騙到妳了，妳每次都會被這招騙到。」

「爸！」我很生氣，接著衝上前雙手圍住他的脖子，假裝要掐他。

我們互相癱倒在彼此身上，不斷大笑著。馬蒂還站在門口，搖了搖頭，「萊特先生，這個玩笑很爛。」

爸爸匆匆戴上眼鏡。「對不起，你們兩個太容易被騙了，我忍不住。」他對我微笑，「其實，我有一個好消息。」

這句英文怎麼說

你每次都會被這招騙到。
You fall for that gag every time.

「好消息？這是另一個玩笑嗎？」我疑惑地問。

他搖了搖頭，從桌上拿起某樣東西。「看看這個，你們知道這是什麼嗎？」他把它握在手中。

馬蒂和我靠近一點檢視它，那是一個小小的白色塑膠製四輪交通工具。「是某一種火車嗎？」我猜測。

「是一輛輕軌電車，」爸爸解釋，「看到了嗎？人可以坐在裡面的長椅上，就是這裡，它是馬達驅動的。」他指著模型前方，秀出引擎所在，「你們想得到這輛輕軌電車將用在哪裡嗎？」

「爸，我們放棄，快告訴我們，」我不耐煩地說，「別再讓我們猜了。」

「好吧好吧，」他的臉頰變紅，笑容逐漸展開，「這是即將用在恐怖生物製片廠導覽的電車模型。」

我張大了嘴，「你的意思是，那個導覽終於要開放了嗎？」我知道爸爸多年來一直在做這個項目。

爸爸點了點頭說：「沒錯，我們終於要對大眾開放了，但是在此之前，我想要你們兩個先去測試它。」

「啊？你是說眞的嗎？」我尖叫，覺得非常興奮，感覺全身要爆炸似的！

我轉頭看向馬蒂，他蹦蹦跳跳地朝著空中揮拳，「好耶——！」

「我規劃了整個導覽行程，」爸爸說，「希望你們兩個成爲全世界最先體驗的小孩，我想要了解你們的看法，以及喜歡和不喜歡的部分。」

「眞是太棒了！」馬蒂持續跳躍著，我可能得拿一條繩子繫在他腰上，以防他飄走。

「爸！《驚嚇街》系列電影超好看的！這實在是太好了！」接著我問，「這次的導覽可怕嗎？」

爸爸一隻手放在我的肩膀上。「希望囉，我盡可能讓它變得可怕眞實。你們坐上電車，穿過整個電影工作室，將會遇到恐怖電影中的所有人物，接著電車會帶你們慢慢走到驚嚇街。」

「眞正的驚嚇街？」馬蒂大聲叫著，「你是說眞的嗎？我們可以到他們眞正拍電影的街道？」

這句英文怎麼說

我盡可能讓它變得可怕真實。
I tried to make it as scary and real as I could.

爸爸點頭，「是的，眞正的驚嚇街。」

「贊啦！」馬蒂再次在空中揮拳，像個瘋子一樣大叫。

「眞棒！」我大聲說，「這眞是太棒了！」我跟馬蒂一樣興奮。

突然間，馬蒂停止跳躍，表情變得很嚴肅。「艾琳或許不該去，」他告訴我爸爸，「她被嚇壞了。」

「啊？」

「電影試映時，她非常害怕，我不得不握住她的手。」馬蒂說。

眞是個騙子！

「你胡說！」我生氣地大叫，「如果要說誰是膽小鬼，那一定是你，馬蒂！」

爸爸舉起雙手示意我們停止。「孩子們，冷靜點，」他輕聲勸道，「別吵了，你們必須結伴同行，要知道，你們兩個將是明天導覽中唯一參加的人，就你們兩個。」

「太好了！」馬蒂興高采烈地歡呼，「酷喔——！」

「哇！好棒喔！」我大聲叫道，「太好了！這將會是最棒的體驗！」接著我蹦出一個想法，「媽媽也可以來嗎？我打賭她會很喜歡。」

「啊？」爸爸透過眼鏡瞇眼看著我，他整張臉變得很紅，「妳說什麼？」

「我問媽媽是不是也可以來。」我重複說。

爸爸瞪著我好一會兒，解讀我的意思。「妳還好嗎，艾琳？」他最後問道。

「我很好啊。」我平靜地回答。

突然間我感到困惑和難過，我做錯了什麼嗎？

媽媽怎麼了？

爲什麼爸爸要那樣盯著我看？

這句英文怎麼說

我認為這樣對你們而言會更刺激。

I think that will make it more exciting for you.

5.

爸爸繞過桌子，摟著我的肩膀。「你們兩個自己去，我想妳和馬蒂會玩得更開心。」他輕聲說，「妳不這麼認爲嗎？」

我點頭說：「應該是吧。」

我還是覺得奇怪，爲什麼他會用狐疑的眼神看著我，但我決定不追問。

我不想惹他生氣，免得他改變讓我們參加導覽的主意。

「你的意思是你不會跟我們一起來嗎？」馬蒂問爸爸，「我們要自己去？」

「我想要你們自己去，」爸爸回道，「我認爲這樣對你們而言會更刺激。」

馬蒂咧嘴對著我笑，「我希望它眞的很可怕！」

「別擔心，」爸爸回答，臉上有著奇怪的笑容，「你不會失望的。」

隔天下午，當爸爸開車載著馬蒂和我前往片廠時，空氣中瀰漫著一股灰濛濛的陰霾。

我和爸爸一起坐在前座，凝視著車窗外的煙霧。「外面好灰暗喔。」我喃喃自語著。

「非常適合恐怖電影導覽。」馬蒂從後座插嘴。他很興奮，幾乎無法靜靜坐著，他的雙腳蹦蹦跳跳，雙手不停拍打皮椅。

我從未見過馬蒂如此瘋狂，要不是有安全帶擋著，他可能會彈出車外！

車子爬上好萊塢的山丘。狹窄的道路彎過紅木屋群，種滿樹木的院子遍及山丘的一側。

當我們爬上去時，天空變得更暗。我想，我們正開進一片濃霧中。

我可以看到遠處的好萊塢標誌，在陰霾中橫越黑暗的山峰。

「希望不會下雨。」我看著霧氣翻過標誌。

爸爸抿嘴笑，「妳知道洛杉磯從來不會下雨！」

「我們會看到哪些怪物呢？」馬蒂問，不停在後座彈跳著，「嚇克洛會出現

這句英文怎麼說

我們會看到哪些怪物呢？
Which monsters are we going to see?

在導覽中嗎？我們眞的能在驚嚇街上走路嗎？」

爸爸透過眼鏡用力瞇起眼睛看，隨著彎彎曲曲的道路轉動方向盤。「我才不告訴你，我不想破壞這次導覽，我要保留全部的驚喜。」

「我只是想先知道，才可以警告艾琳，」馬蒂解釋，「我不希望她太害怕，她可能會暈倒或什麼的。」他嘻笑著。

我發出憤怒的咆哮聲，轉身試圖打他，可是碰不到他。

馬蒂向前傾身，用雙手弄亂了我的頭髮。「放開我！」我尖叫，「我警告你喔！」

「放輕鬆，孩子們，」爸爸柔聲說，「我們到了。」

我轉身盯著擋風玻璃外面看，這條路已經變得平坦，前方有一個用嚇人的血紅色字母標示「恐怖生物製片廠」的巨大標誌。

我們緩緩開到前方巨大的鐵門處，大門關著，一名警衛坐在一個黑色小亭子裡看報紙。我在大門上方瞥見金色的手寫字母，它們拼寫出一個單字：小心。

爸爸開車接近門口，警衛抬頭，給爸爸一個大大的微笑，接著按了一下按鈕，大門慢慢地打開。

車子開進了製片廠旁邊高大的白色停車庫，停在入口旁邊的第一個位子。車庫看起來無限延伸，但我只看到三、四輛車在裡面。

「等我們下禮拜開放，這個車庫會被擠爆！」爸爸說，「這裡會有成千上萬的人。」

「今天我們是唯一在這裡的人！」馬蒂興奮地大叫，跳到車子外面。

「我們很幸運！」我同意。

幾分鐘後，我們站在主建築物外面的月台上，面對一條寬闊的街道，等待輕軌電車帶我們展開導覽。

這條街通往數十座白色製片廠建築，一直延伸到山腳下。

爸爸指著兩個和飛機庫一樣大的建築物說，「那些是攝影棚，他們在這些建築物內拍攝許多電影場景。」

「導覽會進去那些建築物裡嗎？」馬蒂殷切地問，「驚嚇街在哪裡？那些怪物在哪裡？他們正在拍電影嗎？我們可以看他們拍攝嗎？」

這句英文怎麼說

你撐不完整場導覽的！
You won’t survive the tour!

「哇喔——！」爸爸大聲叫道，雙手放在馬蒂的肩膀上，好像是爲了避免他飛離地面。我從沒見過馬蒂這麼奇怪。「放輕鬆，小伙子，你興奮過頭了！這樣你撐不完整場導覽的！」

我搖了搖頭。「或許我們應該用繩子牽著他。」我告訴爸爸。

「汪、汪！」馬蒂吼叫著，對我咬牙切齒，試圖要咬我。

我開始顫抖，霧氣從那些山丘上飄移過來，空氣變得潮濕寒冷，天空變得更暗了。

兩個穿著西裝的男人坐在高爾夫球車，沿著街道快速接近，他們都在說話，其中一人向爸爸揮手打招呼。

「我們可以搭那些車嗎？」馬蒂問，「艾琳和我可以一人坐一台車嗎？」

「不行，」爸爸告訴他，「你們必須乘坐自動駕駛的電車，並且記住——無論發生什麼情況，都要留在輕軌電車上。」

「你是說我們不能走在驚嚇街上？」馬蒂嘀咕道。

爸爸搖頭表示，「不能，你們必須待在電車裡面。」

他轉向我說：「當妳回來時，我會在這個月台等妳。我想要一份完整的報告，想知道妳喜歡和不喜歡的部分。如果事情沒有正常運作也別擔心，因爲還有一些問題（bugs）需要解決。」

「嘿——電車來了！」馬蒂叫著，蹦蹦跳跳地指著電車。

電車靜靜地從轉角處開過來。我算了一下有六節電車，外形像雲霄飛車，頂部敞開，只是更長更寬，車身是黑色，第一節車的前面畫了一個咧嘴笑的白色骷髏頭。

一位穿著黑色制服、有著紅髮的年輕女人坐在前面車廂的第一個長椅上，當電車開進月台時，她向我們揮手，她是唯一的乘客。

當電車停下來時，她跳出來。「嗨，我的名字是琳達，你們的導遊。」她對我爸爸微笑，一頭紅髮在風中飄動。

「哈囉，琳達，」爸爸對她回以微笑，將馬蒂和我輕輕推向前，「這是妳的頭兩個受害者。」

琳達大笑，詢問我們的名字，我們告訴了她。

這句英文怎麼說

你可以坐在任何你想要坐的地方。
You can sit anywhere you want.

「我們可以坐在前面嗎？」馬蒂急切地問。

「可以，當然沒問題，」琳達回答，「你可以坐在任何你想要坐的地方，整列車都是爲你們準備的。」

「好棒喔！」馬蒂大叫著，給了我一個擊掌。

爸爸大笑，「我想馬蒂已經準備好開始了。」他告訴琳達。

琳達將她的紅髮從臉上撥開。「你們馬上可以開始，伙伴們，但是有件事我得先做。」

她傾靠在輕軌電車上，拉出一個黑色的帆布包。「這只需要一下子，伙伴們，」她從包包裡拿出一把紅色的塑膠槍，「這是可以令怪物昏迷的雷射衝擊槍。」

她緊緊抓著塑膠槍，它看起來就像《星際迷航記》電影裡的某種東西。接著琳達的笑容消失，綠色眼睛瞇了起來。「小心這些衝擊槍，它們可以從二十英尺遠的地方將一隻怪物凍結在原地。」

她將衝擊槍遞給我，又伸進包包想拿出一把給馬蒂。「除非必要，否則別開槍，」她吞了口口水，咬著她的下唇，「我希望你們不會用到它。」

我大笑，「妳在開玩笑對吧？那些都是玩具而已，不是嗎？」

她沒有回答，從包包裡拿出另一把衝擊槍，準備交給馬蒂。

但是她被月台上的纜線絆倒。「噢！」當衝擊槍從她手中掉落時，她發出一聲驚叫。

一個響亮的蜂鳴聲，一束明亮的黃色光線。

琳達站在月台上被凍結了。

這句英文怎麼說

我們很快發現這整件事是一個玩笑。
We soon realized the whole thing was a joke.

6.

「琳達！琳達！」我尖叫。

馬蒂張開了嘴，發出被噎到的咯咯聲。

我轉身看向爸爸，出乎意料地發現他在笑。

「爸——她、她被凍住了！」我大喊，但是當我轉回頭看琳達時，她的臉上也掛著大大的笑容。

我們愣了一會兒，很快發現這整件事是一個玩笑。

「這是恐怖生物導覽的第一個驚嚇，」琳達宣佈，放下紅色衝擊槍，一手放在馬蒂的肩膀上，「我想我真的嚇到你了，馬蒂！」

「門都沒有！」馬蒂堅稱，「我知道那是一個玩笑，只是配合著玩。」

「拜託，馬蒂！」我大叫，翻了翻白眼，「你嚇得差點連牙齒都掉出來！」

「艾琳，我沒有害怕，」馬蒂很堅持，「眞的，我只是配合那個玩笑，難道妳眞以爲我會被一把愚蠢的塑膠衝擊槍愚弄嗎？」

馬蒂眞是一個混蛋，當他害怕時，爲什麼不能承認呢？

「你們兩個都坐進去，」爸爸催促著，「讓這趟表演盡快開始吧。」

馬蒂和我鑽進電車的前方座位。我試圖尋找安全帶或安全桿，但是一個都找不到。

「妳要跟我們一起來嗎？」我問琳達。

她搖了搖頭。「不了，你們要獨自上路，這個電車會自動駕駛，」她將昏迷衝擊槍交給馬蒂，「希望你用不上它。」

「是啊，當然，」馬蒂咕噥道，翻了翻白眼，「這槍好幼稚。」

「記住——旅程結束時，我會在這裡與你們會合，」爸爸揮手，「好好享受，我期待一份完整的報告。」

「不要離開電車，」琳達提醒我們，「你們的頭和雙手要維持在裡面，當電

這句英文怎麼說

我希望你不會抱怨整個下午。
I hope you don't complain all afternoon.

車移動時，不要站起來。」

她踩了一下月台上的藍色按鈕，電車突然劇烈晃動，馬蒂和我被甩回座位上，接著電車平穩地往前開動。

「第一站是『恐怖鬼屋』！」琳達在我們身後喊道，「祝你們好運！」

我回頭看到她向我們揮手，長長的紅髮在風中飄揚。當電車走下山坡時，一陣微風吹拂著我們。

天空幾乎像晚上一樣暗，幾棟製片廠的白色建築被濃霧隱藏了起來。

「愚蠢的槍，」馬蒂咕噥著，在手中把玩它，「為什麼我們需要這把塑膠槍？我希望整個導覽不會像它一樣幼稚。」

「我希望你不會抱怨整個下午，」我皺著眉說，「你知道這個導覽有多棒嗎？我們將會看見恐怖生物系列電影中所有了不起的生物。」

「妳想我們會看到嚇克洛嗎？」他問。

嚇克洛是他的最愛，我猜是因為牠很噁心。

「可能吧。」我漫不經心地回答，目光注視著經過的低矮建築，它們完全陰暗且空無一人。

「我想要看到狼男孩和狼女孩，」馬蒂說，一邊用手指計算怪物，「還有……食人魚族和希克船長、突變大地鼠，跟……」

「哇！看——！」我拍打他的肩膀大聲喊叫，並指向一處。

當電車急轉彎時，陰森的恐怖鬼屋赫然出現在面前，屋頂和高大的石頭塔樓被濃霧掩蓋著，宅邸的其餘部分在昏暗的天空中呈現灰色。

電車載著我們靠近。

高高的雜草長滿了前草坪，在風中彎曲搖曳。

房子上的灰色木瓦屋頂殘缺斑駁。

昏暗的綠光從前面的高窗發散出來，感覺一整個詭異。

當電車開得更近時，我看到一扇生鏽的鐵門在擺動——自己在擺動！在一個破爛不堪的門廊上。

「真酷！」我喊道。

「這房子看起來比電影中小了許多。」馬蒂抱怨。

這句英文怎麼說

我們到底會不會進去裡面啊？
Are we going inside or not?

「它是一模一樣的房子！」

「是嗎，那爲什麼看起來縮小這麼多？」他質問。

眞是個抱怨大王。

我轉身不理他，研究著恐怖鬼屋，鐵欄圍住了這個地方。當我們移動到柵欄邊緣時，生鏽的大門打開，吱吱作響。

「看！」我指著二樓黑暗的窗戶，百葉窗全部打開後又猛然關上。窗戶裡亮起燈光，透過窗簾，我可以看到懸吊著的骷髏輪廓，緩慢地來回擺動著。

「那個有點酷，」馬蒂說，「但還不夠可怕。」他舉起塑膠槍，假裝要射那些骷髏。

當我們繞過恐怖鬼屋時，聽到了來自房子裡面的恐怖尖叫聲。百葉窗一次又一次的撞擊，門廊來回不停擺動，吱吱作響，彷彿被鬼控制了。

「我們到底會不會進去裡面啊？」馬蒂不耐煩地問。

「坐好，別發牢騷了，」我不客氣地說，「這個旅程才剛開始，別讓我掃興好嗎？」

他對我伸出舌頭，乖乖坐好。

我們聽見一個很長的號叫聲，接著是刺耳的恐怖尖叫聲。

電車悄悄地來到房子後面，一扇大門打開後，車子開進去，迅速穿過雜草叢生的後院。

電車加快了速度，我們在草坪上顛著，抵達後門，門上方的木頭標示牌寫著：放棄所有希望。

我們會撞上那扇門，我心想。所以我把頭低下並舉起雙手保護自己。

但是那扇門吱呀一聲開了，我們進到裡面。

電車慢了下來，我放下手並坐起身。

我們在一個黑暗、佈滿灰塵的廚房裡。一隻看不見的鬼魂邪惡地咯咯大笑。牆上佈滿了被打扁的鍋碗瓢盆，當我們經過時，它們紛紛摔落在地板上。

烤箱的門自行打開和關閉，爐子上的茶壺開始發出哨聲，架上的盤子嘎嘎作響，而且聲音越來越大。

這句英文怎麼說

烤箱的門自行打開和關閉。
The oven door opened and closed by itself.

「這眞嚇人。」我低聲說。

「哦，好可怕喔！」馬蒂諷刺地說，雙臂交叉在他胸前，「這有夠無聊！」

「馬蒂，你夠了沒，」我推開他，「如果你想要當一個差勁的參加者，隨便你，但不要破壞我的興致。」

我這樣似乎對他有用，他咕噥道，「抱歉。」接著挪回到我身邊。

電車離開黑暗的廚房，進入更黑暗的走廊，妖怪和醜陋生物的畫作掛在走廊的牆上。

當我們接近壁櫥的小門時，它打開來，尖叫的骷髏突然衝向我們，它張開下巴，伸出手臂抓我們。

我發出尖叫，馬蒂笑出聲。

骷髏猛然跳回壁櫥裡。

電車轉了個彎，我看到前方閃爍著光芒。

我們駛進了一個寬敞圓形的房間。

「這是客廳。」我對馬蒂小聲說，抬頭注視著閃爍的燈光，看到頭頂上方掛著一個吊燈，上面放著十二支燃燒的蠟燭。

電車停在它的下方，這時吊燈開始晃動，一陣嘶嘶作響後，燭光一下子全部熄滅了。

整個房間陷入一片黑暗之中。

接著一個深沉的笑聲迴盪在我們周圍。

我倒抽一口氣。

「歡迎蒞臨寒舍！」一個低沉的嗓音突然響起。

「那是誰？」我對馬蒂說，「那個聲音從哪兒傳來的？」

沒有回應。

「喂——馬蒂？」

我轉頭看他，「馬蒂？」

他消失不見了。

這句英文怎麼說

歡迎蒞臨寒舍！
Welcome to my humble home!

7.

「馬蒂？」

我屏住呼吸，身體動彈不得，只能注視眼前一片漆黑。

他去哪裡了？我問自己。

他知道我們不該離開電車的，他爬出去了嗎？

糟糕！

如果他這樣做，我應該會聽見他啊！

「馬蒂？」

有人抓住我的手臂。

我聽到一聲輕笑，那是馬蒂的笑聲。

「喂——你在哪裡？我看不見你！」我大喊。

「我也看不見妳，」他回答，「但是我沒有移動，我就坐在妳身邊。」

「啊？」我伸出手，感覺碰到他的襯衫袖子。

「這個太酷了！」馬蒂說，「我揮動手臂，卻看不見任何東西，妳眞的看不到我嗎？」

「看不到，」我回答，「我以爲……」

「這應該是某種燈光戲法，」他分析著，「黑色燈光之類的，某種厲害的電影特效。」

「嗯，眞是嚇死我了，」我坦白，「我眞的以爲你不見了。」

「呆子。」他嘲笑我。

接著我們都跳了起來。

一道火突然出現在巨大的石磚壁爐中，明亮的橙光照亮了整個房間。一張大型黑色扶手椅轉過來，上頭坐著一個咧嘴笑的骷髏。

骷髏抬起泛黃的頭骨，挪動著下巴，「**我希望你們喜歡我的房子，**」嗓音低

這句英文怎麼說

我真的以為你不見了。
I really thought you disappeared.

沉回盪，「因爲你們永遠不會離開了！」

它頭往後仰，發出邪惡的咯咯聲。

電車突然發動，隆隆作響地離開客廳，進入一個長長的黑暗走廊，骷髏的笑聲隨著我們進入大廳。

當我們加快速度時，我跌回座位上。

我們拐進一個轉角，來到另一個長形大廳，裡面暗到我看不見牆壁。

速度再次加快。

快速繞過另一個轉角，又做了一個急轉彎。

現在我們正往上爬，接著急速俯衝，我們兩人都舉起雙手尖叫。

又是另一個急轉彎，不斷往上，接著向下墜落。

這根本是在黑暗中坐雲霄飛車。

太棒了！更棒的是這完全出乎我們預料。

馬蒂和我放聲尖叫，當電車在恐怖鬼屋的黑色大廳旋轉時，我們猛力撞在彼此身上。

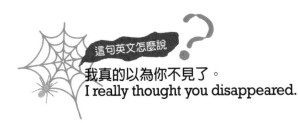

往上，往上，又再一次驟然向下傾斜。

我整個人掛在車前，死命地抓著它，抓到雙手都感到疼痛。那裡沒有安全帶，也沒有安全桿。

如果我們摔出去怎麼辦？我忍不住這樣想。

彷彿讀到了我恐懼的想法，車子突然向側面傾斜，我驚聲尖叫，感覺雙手快要失去掌控，我滑到車身側邊，馬蒂跌在我身上。

我狂亂地伸出手想找到某個能抓住的東西。

這時車子向右傾斜回去，我深吸了一口氣，滑回到長椅上。

「哇啊！了不起！」馬蒂笑著大叫，「這太厲害了！」

我抓著車子前面，再一次深呼吸，試圖緩和狂跳的心臟。

接著一扇門在前方打開，我們快速穿越它。

車子劇烈彈跳。我看見樹木和灰濛濛的天空。

我們回到了外面，在後院奔馳。當我們在雜草中呼嘯而過時，我們被左右甩來甩去，在黑暗的樹群中曲折行進。

這句英文怎麼說

我試圖緩和狂跳的心臟。
I was trying to slow my racing heart.

「哇啊！停下來！」我吃力地喊道，感到無法呼吸。

風猛烈地吹在我臉上。當我們在崎嶇不平的地面蹦蹦跳跳時，電車不停發出響亮且刺耳的聲音。

我們失去了控制，電車肯定出了什麼問題。

我的身體在塑膠椅上猛烈彈跳，雙手緊抓著，眼睛尋找可以幫助我們的人。

但我看不到任何一個人。

我們一路顛到了馬路，電車開始減速。

我轉頭看向馬蒂，他的頭髮散在臉上，嘴巴仍然張開著，眼睛翻了過去，他完全嚇呆了。

電車減速，減速，再減速，直到平穩地爬行。

「剛才好棒喔！」馬蒂用雙手撫平頭髮，對我咧嘴一笑。我知道他也很害怕，只是假裝很享受剛才瘋狂刺激的旅程。

「是啊，很棒。」我也試圖假裝，但我的聲音虛弱顫抖。

「我要告訴妳爸爸，穿越大廳的雲霄飛車是最好玩的！」馬蒂說。

「它是滿好玩的，」我認同，「而且有點嚇人。」

馬蒂別開頭問：「喂，我們現在在哪裡？」

電車已經停下來，我站起來四處張望。

我們停在兩排高大的常綠灌木叢中間，灌木叢細細長長的，像長矛一樣，高高地伸向天空。

在我們上方，午後的陽光正試圖穿透濃霧，淡淡的光線從灰色天空散落下來，灌木叢高瘦的陰影籠罩著我們的電車。

馬蒂站起來，轉身看向車子後方。「這裡什麼都沒有，我們爲什麼停在這個鳥不生蛋的地方？」

「你覺不覺得……？」我正想開口，但看見灌木叢有動靜時，我停止說話。

它抖動了，接著旁邊的灌木叢也抖動了。

「馬蒂……」我小聲喊道，拉著他的袖子。

我看到灌木叢後面有兩個發光的紅色圓圈，是一對發光的紅眼睛！

「馬蒂……那裡有人。」

這句英文怎麼說

我們被一群醜陋的生物包圍起來。
We were surrounded by the ugly creatures.

又一對眼睛，接著是另一對眼睛，從常綠灌木叢後面注視著我們。

接著是兩隻黑色爪子。

然後是沙沙作響的聲音。

灌木叢傾倒，一個黑色身影跳了出來，緊接著又有另一個。

不停地吼叫，不停地咆哮。

我倒抽一口氣，已經來不及逃跑了。

我們被一群醜陋的生物包圍起來。

吸著鼻子、不停喘息的生物，蹣跚地步出灌木叢，朝著我們走來，開始爬上電車。

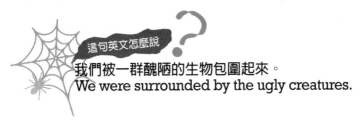

8.

馬蒂和我跳了起來。

「噢噢噢——」我聽到馬蒂發出的驚恐聲。

我開始往後退，以爲可以從車子的另一邊爬出去。

但是咆哮不停的怪物從兩側朝我們走過來。

「走、走開！」我結結巴巴地喊著。

一隻身上糾結著棕色毛髮的怪物張開了嘴巴，露出整排長長的鋸齒狀黃牙。

牠吐出的熱氣在我臉上噴發開來。

牠又更近一些，用肥胖的爪子揮向我，並且發出威嚇的吼聲。「妳要親筆簽名嗎？」

這句英文怎麼說

我可以跟你要親筆簽名嗎？
Can I have your autograph?

我目瞪口呆地看著牠，「啊？」

「親筆簽名的照片？」牠問，再度抬起毛茸茸的爪子，掌中還拿著一張黑白照片。

「嘿——你是猿臉人！」馬蒂指著牠大叫。

毛茸茸的生物點了點頭，把照片舉向馬蒂。「想要一張照片嗎？親筆簽名是導覽的一部分。」

「耶！好啊！」馬蒂回答。

大猿人從牠耳後拔出一枝馬克筆，彎下腰在照片上簽名給馬蒂。

現在我的心跳恢復正常，我開始認出其他生物。

身上有著紫色黏液的傢伙是毒野人，我還認出了甜美蘇，那是一個能走能說話的玩具娃娃，擁有一頭能梳理的眞髮，甜美蘇其實是來自火星的突變殺手。

從頭到腳覆蓋著紫色和棕色疣的青蛙臉是絕妙蛙，又稱蟾蜍人，牠主演了《浮沫池塘》和《浮沫池塘二》，這是有史以來最恐怖的兩部電影。

「青蛙——我可以跟你要親筆簽名嗎？」我問。

「呱呱呱，呱呱。」牠發出低沉沙啞的聲音，滿佈疣的手抓起了一枝筆。

我殷切地向前傾，看著牠在照片上簽名。寫字對牠而言很難，因爲筆不斷從牠黏滑的蛙掌中滑落。

馬蒂和我收集了一堆簽名。接著這些生物邊咆哮、邊喘氣地回到灌木叢中。

當牠們離開後，我倆都放聲大笑。

「剛才好蠢喔！」我大喊，「當我看到牠們從灌木叢後面爬出來時，我眞的慌了！」我瞥一眼那些照片，「但是拿到牠們的親筆簽名還不賴。」

馬蒂做了一個厭惡的表情。「那只是一群穿著戲服的演員啦，眞是幼稚的把戲。」

「可、可是……牠們看起來好眞實，」我反駁，「根本看不出來是穿戲服啊？我的意思是，蟾蜍人的雙手眞的很黏滑，猿臉人的毛髮很眞，那些面具做得太棒了，根本看不出來是戴面具。」

我把眼睛上的頭髮撥開。「而且戲服是怎麼穿上的？我根本沒看到任何鈕扣或拉鍊，或者任何東西！」

這句英文怎麼說

萬事通先生。
Mr. Know-It-All.

「因爲那是電影戲服，」馬蒂解釋，「它們比一般服裝更好。」

好一個萬事通先生。

電車開始後退，我坐回位子，看著兩排常綠灌木叢漸漸消失在遠方。

在長長的下坡路段上，我可以看到白色的製片廠。我想知道他們是否在其中一個攝影棚拍電影，電車會不會帶我們去看他們拍片。

我可以看到兩台高爾夫球車沿著馬路行駛，它們正載著人到攝影棚。

太陽仍努力透過濃霧照耀。

電車在草地上顛顛跳跳地，往山上行進。

「哇啊！」當我們急轉彎回頭面向那些樹木時，我忍不住喊出聲。

「請隨時待在車內，」一個女人的聲音從輕軌電車裡的擴音器傳了出來，「您的下一站是『活爬行蟲洞穴』。」

「活爬行蟲洞穴？哇！聽起來眞嚇人！」馬蒂驚叫。

「深有同感！」

這時，我們還沒意識到它將會有多可怕。

9.

電車在樹林中蜿蜒行進，樹影像黑暗的幽靈籠罩著我們。

我們安靜地移動著。

我試著想像，如果電車上擠滿了激動的小孩和大人，那會是什麼景象，我認爲有一大群人在會減輕許多恐懼。

我可沒有在抱怨。

馬蒂和我眞的很幸運，能成爲有史以來頭一個體驗這項遊樂設施的小孩。

「哇——！」當活爬行蟲洞穴出現在我們面前時，馬蒂抓住了我的手臂。

洞穴入口是一個巨大黑洞，從山的一側切入，我可以看到入口處閃著淡淡的銀光。

這句英文怎麼說

馬蒂知道我討厭蝙蝠！
Marty knows that I hate bats!

當我們接近黑暗的開口時，電車減速了。入口上方的告示牌刻著：再會了。

電車搖搖晃晃地前進。

「嘿！」我叫出聲並低下頭，我們正要進入狹窄的地方。

進入昏暗、閃爍的光芒中。

空氣立刻變得寒冷潮濕，一股酸掉的泥土味竄進鼻孔，使我喘不過氣來。

「蝙蝠！」馬蒂小聲說道，「艾琳，妳覺得這裡有蝙蝠嗎？」他俯身靠近，在我耳邊發出邪惡的笑聲。

馬蒂知道我討厭蝙蝠！

我知道，蝙蝠不眞的是邪惡生物，牠們並不危險。

蝙蝠吃蚊子和其他昆蟲，而且不會攻擊人類、纏住你的頭髮，或試圖吸吮你的血液。那些只會出現在電影中。

我全都明白，但是我不管。

蝙蝠長得醜陋、令人毛骨悚然且噁心至極，所以我討厭牠們。

有一天，我告訴馬蒂自己有多討厭蝙蝠。從那之後，他就一直拿牠們跟我開玩笑。

電車繼續深入山洞，空氣變得更冷，酸臭的氣味幾乎讓我窒息。

「看——那裡！」馬蒂尖叫道，「一隻吸血蝙蝠！」

「啊？哪裡？」我忍不住驚慌大叫。

當然，這又是馬蒂的蠢玩笑之一。他像瘋子一樣大笑。

我朝他咆哮，用力拍打他的肩膀，「你不是有趣，你是愚蠢。」

我的怒罵使他笑得更大聲。「我打賭這個洞穴裡一定有蝙蝠，」他很堅持，「如果不看蝙蝠，就不會進入像這樣一個深遠黑暗的洞穴。」

我轉身不看他咧嘴笑的臉，仔細聆聽，尋找蝙蝠翅膀拍動的聲音，但我什麼也沒聽到。

洞穴變得狹窄，牆壁似乎在向我們靠近，車身刮到了土牆。我可以感覺到我們正在往下走。

在黯淡的銀光下，我看到一排尖尖的冰柱狀東西從洞穴的天花板垂下。我知道它們有個名字，但我永遠記不得它是石筍還是鐘乳石。

這句英文怎麼說

他的雙手還抓著車子前面。
Both of his hands gripped the front of the car.

當電車在它們下方快速通過時，我再次猛然低頭。近距離觀察之下，它們看起來就像尖尖的象牙。

「我們越來越接近蝙蝠囉！」馬蒂戲弄道。

我不理他，目光直視前方。

洞穴又變寬了，當我們通過時，陰影在牆壁上不停舞動著。

「噢——」當我感到冰冷又濕滑的東西掉在脖子後面時，我發出一聲呻吟。

我猛然跳開，轉向馬蒂，「把它拿開！」我厲聲道，「把你冰冷的手從我身上移開！」

「誰——我嗎？」

他並沒有碰我，他的雙手還抓著車子前面。

那我脖子後面的是什麼？

既冷又濕，像冰塊一樣。我不寒而慄，全身顫抖了起來。

「馬、馬蒂！」我結巴地喊，「救、救命啊！」

馬蒂困惑得瞪著我。「艾琳……妳怎麼了？」

「我的脖子後面……」我突然哽咽起來。

我可以感覺到那個濕冷的東西開始移動，我決定不等馬蒂幫忙了。

我伸手到後面把牠拉下來，手指間感到黏膩和冰冷，牠滑溜溜地蠕動著，我把牠丟在座位上。

是一條蠕蟲！

一條巨大的白色長蠕蟲，非常冰冷，又濕又冷的。

「真奇怪！」馬蒂驚叫，他俯身靠近檢查，「我從沒見過這麼大的蠕蟲，而且還是白色的。」

「牠……牠從天花板掉下來，」我說，看著牠蠕動到我旁邊，「牠像冰塊一樣冷。」

「啊？我摸看看。」馬蒂舉起手，慢慢地將食指放到蠕蟲上。

他的手指戳到了蠕蟲的中間。

接著馬蒂張開嘴發出恐怖的尖叫，那聲音迴盪在洞穴中。

這句英文怎麼說

我們同時將蠕蟲丟到電車外。

We both tossed our worms out of the tram.

10.

「牠是什麼？馬蒂——你怎麼了？」我尖叫。

「我……我……我……」他無法講話，只能哼出一點聲音，「我……我……我……！」他的眼睛凸出來，舌頭也吐了出來。

他伸手從頭頂上抓下一條白色蠕蟲，「我、我……我這裡也有一條！」

「噁——！」我大叫，他的蠕蟲幾乎和鞋帶一樣長！

我們同時將蠕蟲丟到電車外。

但是沒多久我感到一團濕軟物撲通一聲掉在肩膀，接著一團冰冷落在頭頂上，額頭也有一個，就像一個冰冷的巴掌。

「噢——救命啊！」我喊道，開始猛烈擺動手臂，抓住那些蠕蟲，努力將牠

們從我身上拉下來。

「馬蒂——幫幫我！」我轉向他尋求幫助。

但是他也在對抗牠們，不停扭動和低頭，試圖躲開，因爲越來越多的白色蠕蟲從天花板上掉下來。

我看到一條掉在他的肩膀，另一條開始環繞他的耳朵。

我用最快速度把又黏又濕的生物從我身上拉下來，然後將牠們扔出慢速行進的電車旁邊。

牠們是從哪裡冒出來的？我感到很好奇。

我往上一瞧，接著一條又肥又濕的蠕蟲掉在我的眼睛上。

「喔喔——！」我發出尖叫聲，抓住牠，用力甩掉。

電車做了一個急轉彎，使我們在座位上滑動。當我們進入另一條隧道時，山洞再次變窄。我們向前彈跳時，銀色光芒在我們周圍微微發光。

兩條白色蠕蟲在我的大腿上蠕動，每條蠕蟲至少長一英尺（約三十公分）。我拽下牠們，然後投出車外。

這句英文怎麼說

牠們是從哪裡冒出來的？
Where are they coming from?

我上氣不接下氣地尋找其他蠕蟲蹤跡。

我全身發癢，脖子後面感到刺痛，無法停止發抖。

「牠們停止掉下來了。」馬蒂用顫抖的聲音說。

那爲什麼我仍然在發癢呢？

我擦一擦脖子後面，站起來搜索著座位和地板。我發現了最後一條蠕蟲，正在攀爬我的鞋子。

我把牠踢開，大嘆一口氣後，跌坐回位子上。

「眞是太噁心了！」我哀號道。

馬蒂抓一抓他的前胸，用雙手擦了擦臉。「我猜這就是爲什麼這裡叫做活爬行蟲洞穴。」他用一隻手撥了撥黑色頭髮。

我全身顫抖，無法停止發癢，我知道蠕蟲消失了，但我仍然可以感覺到牠們。

「你認爲那些噁心的白色蠕蟲是活的嗎？」

馬蒂搖了搖頭。「當然不是，牠們是假的，」他竊笑道，「我猜牠們騙到妳了，對吧？」

「牠們感覺起來很眞實，而且牠們蠕動的方式……」

「牠們是機器人之類的，」馬蒂反駁，一邊搔著他的膝蓋，「這裡所有東西都是假的，一定是這樣。」

「我不太確定。」我回答，全身依然感覺搔癢和刺痛。

「不信，去問妳父親。」馬蒂不悅地說。

我忍不住發笑。我知道爲什麼馬蒂突然這麼暴躁，不管這些蠕蟲是眞是假，牠們都嚇到他了，而且他知道我看出他被嚇壞了。

「我認爲小孩不會喜歡蠕蟲，」馬蒂發表意見，「我覺得他們會害怕過頭，我要告訴妳爸爸。」

我正要開口回答，突然覺得有東西掉到我身上，某種粗糙又乾燥的東西。

它遮住了我的臉、我的肩膀——我整個身體。

我舉起雙手，試圖將它推開，我想是某種網狀物。

我抓住了它，使勁想將它從臉上弄下來。

當我掙扎時，我轉過身去，看到馬蒂一邊來回扭動，一邊拍打他的手臂，他也被同一張網子罩住。

電車在昏暗的隧道中一路顛行。

充滿黏性的網子就像棉花糖般放在我的皮膚上。

馬蒂大喊，「它——它是一張超大的蜘蛛網！」

我用力拉扯著，但是黏黏的絲線纏在我的臉、手臂和衣服上。「噁！這眞是太噁心了！」我感到呼吸困難。

接著我看到黑色點點在網上快速移動，我花了幾秒鐘才意識到那是什麼。是蜘蛛！有好幾百隻！

「噢噢——」我低聲哀叫。

我用雙手同時拍打蜘蛛網，瘋狂摩擦著我的臉頰，試圖去除沾黏的絲線。

我從前額扯下一隻蜘蛛，以及我T恤肩膀上的另一隻。

「蜘蛛——牠們跑進我的頭髮！」馬蒂哀號。

他突然忘了假裝冷靜，開始用雙手搜索自己的頭髮，拍打自己的頭，掐住蜘蛛猛打一番。

這句英文怎麼說

我舉起雙手，試圖將它推開。

I shot both hands up and tried to push it away.

當電車無聲行駛時，我們不停動來動去，掙扎著甩開黑色蜘蛛。我從頭髮中揪出了三隻，卻感應到有一隻爬進我的鼻子裡！

我驚恐地張開嘴巴尖叫，接著利用打噴嚏將牠噴出去。

馬蒂從我的脖子上抓下一隻蜘蛛，將牠拋到空中，那是最後一隻蜘蛛，我再也看不到或感覺到任何一隻了。

我們都跌坐到座位上，我的心臟在胸口狂跳。「你還認爲這一切都是假的嗎？」我虛弱地問馬蒂。

「我……我不知道，」他輕聲回道，「蜘蛛或許是傀儡，妳知道的，用無線電搖控。」

「牠們是眞的！」我叫喊，「面對事實吧，馬蒂，牠們是眞的！這裡是活爬行蟲洞穴，牠們就在這裡生活！」

馬蒂睜大了眼，「妳眞的這麼認爲？」

我點點頭，「牠們一定是眞的蜘蛛。」

馬蒂臉上露出了微笑，「太酷了！眞正的蜘蛛！眞是酷斃了！」

這句英文怎麼說

我想知道接下來還會碰上什麼。
I wondered what we would run into next.

我長嘆一口氣，重重跌回座位上。我一點都不覺得這很酷，我覺得這很嚇人而且噁心。

這些遊樂設施應該要是假的，這是它們令人覺得有趣的原因。我決定告訴爸爸，蠕蟲和蜘蛛太可怕了。

在製片廠導覽對大衆開放之前，他應該移走牠們。

我雙臂交叉在前面，直視前方。我想知道接下來還會碰上什麼。

我希望沒有其他令人討厭的昆蟲等著落在我們身上，爬滿我們的臉和身體。

「我想我聽到了蝙蝠！」馬蒂捉弄道，他笑著靠近我，「聽到那些翅膀拍動的聲音嗎？巨型吸血蝙蝠！」

我把他推回座位的另一邊，我可沒心情陪他開玩笑。

「我們什麼時候會出這個山洞？」我不耐煩地問，「這個一點都不好玩。」

「我認爲它很酷，」馬蒂再說了一次，「我喜歡探索洞穴。」

狹窄的隧道通向一個寬大的洞穴，天花板似乎有一英里的高度，洞穴地面散落著巨大的岩石。岩石層層堆疊，而且到處都是。

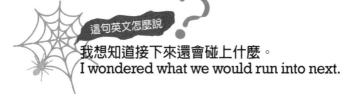

前方某處，我聽到了滴水聲，噗通、噗通、噗通、噗通。

怪異的綠光從洞壁散發出來。電車開到後面的洞壁，接著停了下來。

「現在是怎樣？」我低聲說。

馬蒂和我在座位上來回轉身，用眼睛探索巨大的洞穴，觸目所及都是圓形或方形的光滑岩石。

噗通、噗通、噗通。水滴在我們右邊某處，空氣感覺起來寒冷潮濕。

「這有點無聊，」馬蒂喃喃自語，「我們什麼時候出發啊？」

我聳了聳肩，「不知道，我們爲什麼在這裡停下來呢？這只是一個巨大的空曠洞穴。」

我們等待電車後退，將我們帶離那裡。

等待。一分鐘過去，又過了幾分鐘。

我們兩個人都轉身站起來，凝視著電車後方，什麼都沒有。

我們聽著不斷滴下的水聲，迴盪在高高的石牆之間，此外再沒有其他聲音。

我向後靠在椅背上，雙手圈成杯狀靠在嘴巴上，大喊：「喂——有人聽到我

這句英文怎麼說

為什麼電車不動了呢？
Why wouldn't the tram get moving?

們說話嗎？」

我等待著，傾聽著，沒有人回答。

「有人聽到我們說話嗎？」我再嘗試一次，「我們被困在這裡了！」

沒有人回答，只有持續不斷的滴水聲。

我等待著，瞇起眼看著綠色的光芒。

爲什麼電車不動了呢？它壞了嗎？我們眞的被困在這裡嗎？

我轉向馬蒂，「這輛電車怎麼了？你覺得我們……嘿——！」

當我凝視旁邊的空位時，我倒抽一口氣。

我伸出雙手，試圖抓到馬蒂。

又是另一個燈光戲法？另一個錯覺嗎？

「馬蒂？喂——馬蒂？」我沙啞地叫喊著。

我的背脊感到一股寒冷。

這一次馬蒂眞的消失不見了。

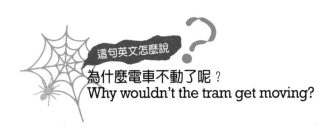

11.

「馬蒂？」

電車旁的刮擦聲使我跳了起來。

我轉過身，看到馬蒂蹲在地面對我咧嘴笑。「騙到妳了。」

「你這個怪胎！」我大叫，揮出我的拳頭，但是他躲開，還笑了起來。「你這個爬行怪物！你故意嚇我。」

「這任務並不難！」他反擊道，接著笑容褪去，「我爬下來是爲了檢查東西。」

「但是電車可能會在任何時候啓動！你知道那個導遊說的，她說我們不能離開電車。」

馬蒂蹲下來研究輪胎，「我認爲電車卡住了，也許它偏離了軌道，」他抬頭

這句英文怎麼說

你故意嚇我。
You deliberately tried to scare me.

看著我，煩躁的搖了搖頭，「但是沒有任何軌道。」

「馬蒂，你快回來，」我懇求，「如果車子啓動，留下你一人站在那裡的話……」

他雙手抓住車子側面並搖動它，輕軌電車的輪胎彈跳起來，但是它沒有移動半步。

「我想它壞掉了，」馬蒂輕聲說道，「妳父親說過可能會有些事進行得不順利。」

我感到一陣恐懼，「你是說我們被困在這裡了嗎？獨自在這個毛骨悚然的洞穴裡？」

他走到車子前面，擠進電車和洞壁之間，接著試圖將電車往後推，竭盡所有力氣用雙手推。

但是電車一動也不動。

「噢，哇……」我咕噥道，搖了搖頭，「這太可怕了，一點都不好玩。」

我跪坐在座位上，試著用最大聲再次喊叫：「有人在嗎？有人在這裡工作嗎？電車卡住了！」

噗通、噗通、噗通。只有滴水聲回應我。

「有人可以幫我們嗎？」我大喊，「拜託——有人可以幫忙嗎？」

沒有人回答。

「現在怎麼辦？」我哭喊道。

馬蒂仍然使勁地推著電車，他用力最後一推，接著嘆了口氣放棄，「妳最好下來，我們必須走路。」

「啊？走路？在這個嚇人的黑暗洞穴裡？不可能，馬蒂！」

他來到我這一邊，「妳該不會是害怕了，艾琳？」

「沒錯，我害怕，一點點啦……」我環視巨大的洞穴，「我沒有看到任何出口，我們必須往回走過那些隧道，面對所有的蜘蛛和蠕蟲，以及所有東西。」

「我們可以找到出路，」馬蒂堅稱，「某個地方肯定有一扇門，他們總是在這些主題樂園的遊樂設施中建造緊急出口。」

「我認為我們應該留在電車上，」我猶豫道，「如果我們在這裡等候，就會

這句英文怎麼說

我們可以找到出路。
We can find a way out.

有人來找我們。」

「那可能要幾天時間，」馬蒂說，「來吧，艾琳，我要用走的，妳要跟我一起來嗎？」

我搖了搖頭，雙臂緊緊交叉在身前，「不行，我要待在這裡。」

我知道他不會自己離開，我知道除非我加入他，否則他不會走。

「好吧，那麼再見。」他轉身快速地走在洞穴的地面上。

「喂，馬蒂？」

「再見，我不想整天在這裡等待，晚點見。」

他眞的要離開了，留下我一人在熄火的電車上，在可怕的山洞裡。「但是，馬蒂……等一下！」

他轉向我，「妳到底來不來，艾琳？」他不耐煩地說。

「好啦，好啦。」我喃喃自語著，我發現自己別無選擇。

我爬過電車側面，跳落到地面上。

泥土是光滑潮濕的，我慢慢走向馬蒂。

「快點，」他大叫，「我們得快點離開這裡。」他現在往回走，示意我追上他。

但是我停了下來，驚恐地張大嘴巴。

「別那樣看著我！」他大喊，「不要盯著我看，好像我做錯了什麼！」

但我不是盯著馬蒂。

我是盯著在馬蒂身後爬行的東西。

這句英文怎麼說

不要盯著我看，好像我做錯了什麼！
Don't stare at me as if I'm doing something wrong!

12.

「呃……呃……呃……」我努力想警告馬蒂，可是喉嚨只能發出恐懼的嘟囔聲。

他持續往後走，一直往後走向巨大的生物。

「艾琳，繼續走啊，妳怎麼了？」

「呃……呃……呃……」我終於指出來。

「啊？」馬蒂轉過身，他也看到了。

「哇啊——！」他尖叫，當他跑回我身邊時，運動鞋在柔軟的地面上滑動，

「那是什麼東西？」

一開始我認為是某種機器，牠看起來就像建築工地上看到的那些高大鋼鐵起

重機，全身都是銀色金屬。

但是當牠用纖細的後腿站起來時，我看到牠是活生生的！

牠有一對黑色圓眼，大小如撞球，它們在枯瘦的銀色頭骨中瘋狂地旋轉；頭頂上有兩根細長觸角快速上下晃動；嘴巴呈現軟爛狀，灰色舌頭自又長又硬的鬍鬚之間飛衝出來。

牠長長的身體向後伸展，就像彎折起來的葉子。站立時，牠揮舞著像白色短棍般的前腿。

整個生物看起來像某種噁心的棍狀物。細長的後腿彎曲又向前跳，彎曲又向前跳，肥厚的舌頭左右搖擺。此時黑眼睛停止旋轉，聚焦在我身上。

「牠是——牠是一隻蚱蜢嗎？」我一口氣接不上來。

馬蒂和我往後退到電車旁。

揮舞著棍子般的手臂，那個生物跳得更近，觸角在頭頂上慢慢轉動。

馬蒂和我的背部緊靠在寒冷的洞壁上，我們已經無路可退了。

「我認爲是一隻螳螂。」馬蒂凝視牠，這隻昆蟲肯定比我們高出至少三倍，

這句英文怎麼說

牠是一隻蚱蜢嗎？
Is it a grasshopper?

當牠向前移動時，牠的頭幾乎刮到了天花板。

舌頭舔了舔軟軟的嘴巴，嘴巴皺了起來，發出響亮的吮吸聲。我感到一陣反胃，那個聲音令人非常不舒服！

烏黑的圓眼凝視著馬蒂和我。

巨型螳螂的身體像鋁一樣閃閃發光，向我們又跳出一步，牠開始低下頭。

「牠、牠要做什麼？」我結巴地問，背部用力抵在洞壁上。

令我驚訝的是，馬蒂突然開始大笑。

我轉向他，抓住他的肩膀，他完全失去理智了嗎？

「馬蒂——你還好嗎？」

「當然好！」他回答，離開我身旁，朝那隻高大的昆蟲邁出一步，「我們爲什麼要害怕，艾琳？這是一個巨大機器人，牠被設定成一路走到電車。」

「啊？可是，馬蒂……」

「牠完全由電腦操控，」他繼續說，當那個棍狀身體上的大頭擺動得更低時，他往上瞪著，「牠不是眞的，牠是設施的一部分。」

我往上凝視這個怪物，大量的唾液從肥厚的舌頭上滾落下來，啪答啪答地撞擊在洞穴地面。

「牠……呃……真的是栩栩如生。」我喃喃自語道。

「妳爸是這方面的天才！我們得告訴他，他把螳螂做得很好，」他大笑，「妳爸說這裡會有一些蟲子（bugs），記得嗎？這一定是其中之一！」

那隻昆蟲的前腿互相摩擦，發出刺耳的哨聲。

我遮住耳朵，高音調的聲音使我的耳朵感到疼痛！

當第二隻巨型螳螂從一塊高大岩石後面跳出來時，我依然摀著耳朵。

「看——還有另一隻！」馬蒂指向牠大叫，他拉了拉我的手臂，「哇，牠們的動作好流暢，根本看不出來是機器。」

兩隻銀色昆蟲咯咯作響，發出尖銳刺耳的金屬聲。牠們的黑眼睛轉動著，觸角激動地旋轉。

唾液從牠們的舌頭垂滴下來，濺到地上。第二隻拍動著背後的銀色翅膀，接著迅速闔上。

這句英文怎麼說

那隻昆蟲的前腿互相摩擦。
The insect rubbed its front legs together.

「這機器人做得眞好！」馬蒂轉向我，「我們最好回到電車裡，既然已經看到這些巨大蟲子，它可能會再次啓動。」

兩隻昆蟲咯咯作響，牠們跳躍得更近，棒狀的腿猛烈彈跳，從光滑的洞穴地面彈跳起來。

「我希望你是對的，」我告訴馬蒂，「那些昆蟲太眞了，我要離開這裡！」

我開始跟著他走向輕軌電車。

第一隻螳螂快速飛躍過來，在我們和電車之間跳來跳去，擋住了我們的路。

「嘿！」我大聲叫道。

我們試圖繞過牠，但是牠跳了一大步擋在我們面前。

「牠——牠不讓我們通過！」我結巴地說。

「喔——！」巨大生物突然擺盪下來並用頭撞向我的胸部，我哭喊出聲，強大的頭槌讓我往後跌了個四肢朝天。

「嘿——住手！」我聽見馬蒂大叫，「那個機器一定是壞掉了！」

烏黑的眼睛閃閃發光，螳螂再次低下頭，又一次將我猛烈地推向洞穴的中心點。

牠的夥伴快速移動，打算誘捕馬蒂，牠彎身準備用頭撞馬蒂，但是馬蒂迅速後退，舉起雙手放在面前像盾牌一樣，他趕緊加入我。

我聽到摩擦聲，刺耳的嘰嘰喳喳聲響。

我轉身發現另外兩隻巨大又醜陋的螳螂從岩石後面爬出來，接著又有另外兩隻，牠們的觸角興奮地轉動，灰色舌頭在張開的嘴巴中滾動。

當那些怪物在我們周圍跳躍和摩擦時，馬蒂和我蜷縮在洞穴中間。

接著牠們用後腿高高站起，黑眼睛閃閃發光，短棍一樣的手臂不停揮舞著。

「我們……我們被包圍了！」我大聲叫道。

這句英文怎麼說

牠們在我們周圍形成一個圓圈。
They formed a circle around us.

13.

巨大的昆蟲全部開始咯咯作響，牠們興奮地摩擦前腿。

刺耳的哨聲從山洞中響起，迴盪在石牆之間。

牠們在我們周圍形成一個圓圈，向後傾斜著細長瘦弱的後腿，移動得更近，縮小圓圈範圍。

牠們的舌頭來回甩動，一團團濃稠的螳螂唾液滴落在地板上。

「牠們失控了！」馬蒂尖聲叫道。

「牠們要對我們做什麼？」我大喊，一邊摀住我的耳朵，抵擋牠們激動的嘰嘰喳喳和震耳欲聾的哨聲。

「也許牠們是聲控的。」馬蒂向後傾斜著頭對牠們大喊：「停止！停止！」

但牠們沒有停下來。

其中一隻歪著銀色的頭，張著醜陋的大嘴巴，吐出一團黑色物體，濺到了馬蒂的運動鞋上。

他往後跳開，運動鞋黏在地板上，他努力把它拉起，「好噁！小心！那團黑色物體好像是膠水！」他大聲喊道。

啪答啪答。

另一隻螳螂張開嘴巴，吐出一大團黑色黏稠的膠水，弄髒了我T恤的肩膀位置。

「喔——！」我哀號，它感覺很燙，直接燒透了我的T恤。

其餘幾隻發出刺耳的咯咯聲響，摩擦著牠們毛茸茸的棍狀手臂。舌頭來回飛射，開始低頭朝著我們。

「衝擊槍！」我大叫，抓著馬蒂的手臂，「也許那些槍可以對抗這些蟲子！」

「那些槍只是玩具而已！」他叫道。

啪答啪答。

這句英文怎麼說

這些蟲子體型大到足以踩在我們身上！
These bugs are big enough to step on us!

另一團黑色物體差一點擊中馬蒂的腳。

「況且那些槍在電車裡，」馬蒂向上注視那些醜陋的怪物，「牠們絕對不會讓我們到電車那的。」

「那我們該怎麼辦？」我大叫。

當我問這個問題時，一個想法浮現在我的腦海。

「馬蒂，」我小聲說道，「你通常怎麼擺脫蟲子？」

「啊？妳在說什麼啊？」

「你會踩牠們，對嗎？你通常會踩牠們吧？」

「可是，艾琳，」他回嘴，「這些蟲子體型大到足以踩在我們身上耶！」

「這值得一試！」我大叫。

我舉起運動鞋，用力踩了最靠近我的螳螂的腳。

巨大的昆蟲發出刺耳的嘶嘶聲，並且向後跳。

馬蒂在我旁邊踩著另一隻昆蟲，用運動鞋的腳跟狠狠地踩在牠細長的腳上。

那隻怪物也往後倒，抬起頭痛苦得發出嘶啞聲，眼睛瘋狂地旋轉，觸角直直地伸長。

我再次狠狠地踩了下去，隨著粗啞的氣哽聲，大螳螂倒在了一邊，四條棍子腿全都在空中劇烈扭動。

「走吧！」我喊道。

我轉過身，衝過昆蟲圈。我不知道往哪裡跑，我只知道我必須逃走。洞穴爆發出嘶嘶聲和刺耳的哨聲，還有憤怒的咯咯聲和吱吱聲。我瞥見馬蒂在我身後跌跌撞撞地跑著。

我忽視四面八方傳來的回音，不停地跑著，跑向電車。

我撲向一邊，將兩把衝擊槍緊抱在我懷中。

接著我迅速離開電車，沿著石壁奔跑。

我可以去哪裡？

我該怎麼逃脫？

咯咯聲和嘶嘶聲越來越大，越來越瘋狂。

當我奔跑時，巨型昆蟲的高大身影在牆上不斷跳動，我隱約覺得那些陰影可

這句英文怎麼說

不過我享受這種感覺沒多久。
But I didn't have long to enjoy the feeling.

以伸出手並抓住我。

我回頭看了一眼，馬蒂在我後方全速奔跑。

螳螂在泥地上跳躍、攀爬、跛行，緊追在我們身後。

我該跑向哪裡呢？

接著我看到洞壁上狹窄的開口，那是一個裂縫。

我衝向它，滑進去，將自己擠進石頭之間的黑洞。

衝出另一邊，迎向朦朦朧朧的陽光。

是外面！

我可以看到樹林順著山坡往下生長，還有通往製片廠建築的那條路。

太好了！是外面！

我辦到了！

我感到很開心，很安全。不過我享受這種感覺沒多久。

當我開始調整呼吸時，卻聽到馬蒂驚恐的哭喊：「艾琳——救命！救命啊！牠們抓住我了！牠們會吃了我！」

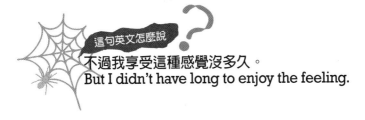

14.

大口喘氣後，我轉過身來。

我該怎麼幫助馬蒂呢？我該怎麼將他救出洞穴？

令我驚訝的是，他靠在洞壁上，一隻手肘頂著岩石，雙腿交叉，圓圓的臉上展現大大的笑容。

「愚人節快樂。」他說。

「啊——！」我發出憤怒的尖叫聲，接著放下兩把塑膠槍，朝他衝過去，準備用拳頭砸他，「你這個混蛋！你嚇死我了！」

當我衝向他時，他笑著躲到一邊。我揮動拳頭，只打到空氣。

「別再開這種愚蠢的玩笑了！」我喘著氣大叫，「這個地方太可怕了！那些

這句英文怎麼說

別再開這種愚蠢的玩笑了！
Don't play any more dumb jokes like that!

大昆蟲……」

「是啊，牠們很嚇人，」他也同意，笑容慢慢褪去，「牠們感覺好眞實，妳想他們是怎麼讓牠們那樣吐的？」

我搖搖頭，「我不知道。」

我有一股沉重感。

我知道這是一個瘋狂的想法，但我開始認爲我們看到的這些怪物是眞實的。

也許我看了太多恐怖電影。可是大螳螂、白色蠕蟲以及所有其他生物和怪物，眞的看起來活生生的。

牠們移動的方式不像機械，看起來似乎有呼吸，而且當牠們的目光聚焦在馬蒂和我身上時，好像眞的可以看見我們。

我想告訴馬蒂我在想什麼，但是我知道他只會嘲笑我。

他非常確定牠們都是機器人，而我們正在看一些很棒的電影特效。

當然，這是合理的，畢竟我們是參加一個電影製片廠之旅。

我希望馬蒂是對的。

我希望這一切都是戲法，電影的魔術。

在設計機械生物和建造主題樂園的遊樂設施上，我爸爸是個天才。

也許我們所看到的一切都是他的傑作，也許這次爸爸眞的超越了自己。

但是我的沉重感沒有消失，我感覺我們身處危險之中，眞正的危險。

我覺得這裡出了點問題，某些東西失控了。

我突然希望我們不是頭兩個參加導覽的小孩。

我知道成爲唯一的參加者應該會很激動。但是這樣太安靜、太空虛、太可怕了。

如果有成千上百的人和我們在一起，那才會變得更加有趣。

我想把這一切告訴馬蒂，但是我怎麼能呢？

他非常渴望證明自己比我勇敢，非常渴望證明他什麼都不怕。

我無法告訴他我眞正在想什麼。

我拿起兩把塑膠衝擊槍，將其中一把遞給了他，我不想帶著兩把槍在身上。

他把槍管塞進牛仔褲的口袋裡。「嘿，艾琳，看看我們在哪裡！」他向我

這句英文怎麼說

也許這次爸爸真的超越了自己。
Maybe Dad had really outdone himself this time.

慢跑過來，眼睛直視著前方，「看看這個！」

他開始跑過草地，我轉身跟隨他，不想要他走得太前面。

天色已經黑了，太陽已經消失在厚重的雲層後面，幾縷灰色霧氣在涼爽的空氣中飄浮。

現在快到晚上了。

我們穿過馬路，走進一個城鎮。

我指的是一個城鎮的電影場景。一個小型城鎮，有低矮的一層和兩層建築物，小型商店和鄉村風格的雜貨店，商店後面的街區裡有一棟大而古老的房子。

「你想這是他們用在電影中的場景嗎？」我問道，一邊趕緊跟上馬蒂。

他轉向我，黑色眼睛興奮閃爍著。「妳沒有認出來嗎？妳不知道妳在哪裡？」

我的目光落在了那棟搖搖欲墜的老宅子上，其中一半被扭曲的樹木掩藏著。在它的對面，我看到了老舊公墓周圍彎彎曲曲的柵欄。

我知道了，我們在驚嚇街上。

「哇！」我驚呼道，不停轉身查看，試圖將全部盡收眼底，「這裡真的是驚嚇街，他們在這裡拍攝了一系列的電影！」

「它看起來不是我想像中的那樣，」馬蒂說，「看起來更可怕！」

他是對的。

夜幕降臨時，空蕩蕩的建築物籠罩著長長的影子，風掃過轉角處時還會發出嗚咽聲。

馬蒂和我走上街道，環視所有東西。

我們不停穿越街道兩側，端詳著一個黑暗且佈滿灰塵的商店櫥窗，接著又跑去檢查一棟破舊老宅的前院。

「看看那塊空地，」我伸手指著，「那是瘋狂絞肉機徘徊的地方，記得嗎？在《驚嚇街三》中，他會絞碎每一個路過的人……」

「我當然記得。」馬蒂說，他走進空地。高高的雜草被呼呼作響的風吹得壓低了身子，影子往後面的柵欄移動。

我待在人行道上，努力瞇起眼睛看，試著看清是什麼投下了陰影。

瘋狂絞肉機仍然潛伏在那裡嗎？

這句英文怎麼說

瘋狂絞肉機仍然潛伏在那裡嗎？
Did The Mad Mangler still lurk back there?

空地上沒有任何東西，那麼在柵欄上怎麼會有高聳搖曳的陰影呢？

「馬蒂，回來，」我懇求道，「天快黑了。」

他轉身回來。「妳害怕了，艾琳？」

「這裡空無一物，我們繼續走吧。」

「人們總以爲只是空地，」馬蒂用低沉恐怖的聲音回答，「直到瘋狂絞肉機跳出來並絞碎了他們！」他發出漫長而邪惡的笑聲。

「馬蒂——你太入戲了。」我低聲說，搖了搖頭。

他從那塊空地小跑步出來，我們穿過馬路。

「我希望有一台照相機，我想要一張站在絞肉機地盤裡的照片。」他的眼神突然發亮，「更好的是……！」

他沒有把話說完。相反地，他起步全速奔跑。

「喂——等等！」我大喊。

幾秒鐘後，我看到他朝向哪邊去——舊公墓。

他跑到破裂斑駁的木門邊，轉身對我說：「更好的是，我想要一張站在墓地的照片，他們拍攝《驚嚇街公墓》的實際場景。」

「我們沒有相機，」我從街上大喊，「快離開那裡。」

他無視我，作勢打開大門。

底部被卡在草叢中，馬蒂用力拉扯，最終大門漸漸被拉開，移動時還發出吱吱作響的聲音。

「馬蒂，我們走吧，天色晚了，爸爸可能在等我們，想知道我們發生了什麼事。」

「這是導覽的一部分！」他很堅持，拉著沉重的大門，把大門打開至寬度足以擠進墓地。

「馬蒂，拜託！不要進去！」我哀求道，跑到他身邊。

「艾琳，這只是一個電影場景，妳以前不會這麼膽小！」

「我……我只是對這座公墓有不好的感覺，」我結結巴巴地說，「一種非常不好的預感。」

「這是導覽的一部分。」他又說了一遍。

這句英文怎麼說

你以前不會這麼膽小！
You didn't used to be such a total wimp!

「但是這個大門是關著的！它關著就是不想讓人進去。」我抬起頭看向墓地，看到古老的墓碑像彎曲的牙齒從地面傾斜上來，「我有一種不好的預感……」

馬蒂不理我，他將大門稍微拉開一點，接著溜進了墓地。

「馬蒂——拜託！」我雙手緊緊抓住低矮的柵欄，看著他。

他朝著古老的墳墓走了三步，接著雙手突然往上空伸直——整個人掉出了我的視線之外。

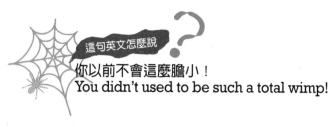

15.

我望向一片黑暗，用力眨了眨眼睛。我吞著口水，一次，兩次。

我簡直不敢相信他不見了，他消失得如此快速。

風在參差不齊、傾斜的墓碑之間呼呼作響。

「馬蒂？」我嗚咽著，「馬蒂？」

我用力抓著柵欄，雙手都疼了起來。

我知道我別無選擇，我必須進去那裡看看他發生了什麼事。

我深吸一口氣，強迫自己穿過門口。

地面感覺很軟，我的運動鞋陷入了高高的雜草中。

我踏出一步。

這句英文怎麼說

幫我出去，我跌倒了！
Help me out. I fell!

接著另一步。

當我聽見馬蒂的聲音時，我停了下來。

「嘿——小心。」

「啊？」我凝視周遭，「你在哪裡？」

「我在下面。」

我往下瞧，目光陷入一個深且暗的洞穴，是一個打開的墳墓。

馬蒂望著我，臉頰和T恤正面都沾到泥土。他舉起雙手，「幫我出去，我跌倒了！」

我忍不住笑了出來，他看起來很可笑，站在洞裡，身上佈滿泥土。

「這不好笑，快幫我出去。」他不耐煩地說。

「我警告過你，我有不好的感覺。」

「這裡很不好聞。」馬蒂抱怨。

我彎下腰，「聞起來像什麼？」

「像泥土，讓我出去！」

「好啦，好啦。」我拉住他的雙手，他踢著腳，運動鞋尖陷進柔軟的泥土中。幾秒鐘後，他又回到地面上，瘋狂地拍打自己。「剛才太酷了！現在我可以告訴別人我曾經在《驚嚇街公墓》的墳墓裡面。」

起風時，我的背上感到陣陣寒意。「我們快離開這裡吧。」

某種灰色的東西在兩個老墓碑之間靜靜地漂浮著，是一縷霧氣？還是一隻灰色的貓？

「看看這些墳墓，」馬蒂依然拍著牛仔褲上的泥土，「它們都殘破不堪，而且褪了色，幾乎看不出名字，這眞是太酷了。而且看看他們是怎麼在那排石頭上噴灑蜘蛛網的，眞是嚇人……」

「馬蒂，我們可以走了嗎？爸爸現在可能很擔心。電車或許再度啓動了，也許我們可以找到它。」

他不理我。他傾身靠近一塊墓碑，讀著上面的文字，「吉姆・襪子，從一八四〇年到一八八七年，」他笑道，「吉姆・襪子，妳抓到笑點了嗎？而且看看它旁邊的，彎腰・多佛，席德・起身，全都好有趣！」

這句英文怎麼說

那剩下的導覽呢？
What about the rest of the tour?

我也笑了，彎腰．多佛和席德．起身是滿好笑的。

當我聽到輕柔的哭泣聲從墓地後面傳出來時，我的笑聲被迫中斷。

我看到另一縷灰色霧氣飛奔到一塊墓碑後面。

我屏住呼吸，認眞傾聽著。

風在高高的雜草中呼嘯而過，狂風中響起另一陣刺耳的哭聲。

是一隻貓？我好奇公墓裡是不是充滿了貓呢？或者是一個小孩？

馬蒂也聽到了，他沿著那排石頭往下走，直到他站在我旁邊，他的黑眼睛興奮地閃閃發光。「這個太酷了，妳聽到音效了嗎？地底下一定藏著一個揚聲器。」

又是另一個尖銳的哭泣聲，這肯定是人的聲音，是一個女孩？

我微微顫抖，「馬蒂，我眞的認爲我們應該設法回我爸爸那裡，我們整個下午都在這裡，而且……」

「那剩下的導覽呢？我們必須看完所有東西！」

我聽到了另一個哭聲，更大聲，更靠近，更恐怖。

我試著不理它，馬蒂可能是對的，哭聲一定是來自某個地方的揚聲器。

「我們要怎麼完成這個導覽？」我問，「我們應該留在電車上，記得嗎？但是電車……哇啊——！」

一隻手從我們面前的地面上彈出，我放聲大叫。

那是一隻綠色的手，張開長長的手指，朝我們伸過來。

「哇啊——！」馬蒂也大叫，往後跌跌撞撞。

另一隻綠色的手從泥土中彈了出來，接著再兩隻。

從墳墓裡伸出好多隻手。

我驚喘著，所有的手從草叢中暴衝出來，環繞在我們周圍。

扭曲的手指向我們伸過來。

馬蒂開始大笑，「這實在太棒了！就像電影一樣！」

當一隻手在他身旁伸出並抓住他的腳踝時，他停止了笑聲，「艾琳——救命！」他大喊。

但是我無法幫他。

兩隻綠色的手纏住了我的腳踝，將我往下拉，拉到墳墓裡。

這句英文怎麼說

從墳墓裡伸出好多隻手。
Hands reaching up from graves.

16.

「下——來——」一陣虛弱的呻吟聲傳出來，「下——來——陪我們。」

「不要——！」我尖叫。

我的手臂在空中劇烈擺動，我試圖用腳踢，但是那些手緊緊抓著我，絲毫不動。

我努力不讓自己跌倒，整個身體胡亂扭動。如果我倒下，它們也會抓住我的雙手，將我拉進土裡。

「下——來——，下——來——陪我們。」

我認爲這不是在開玩笑，這些手是眞的，它們眞的是想把我拉到地下。

「救命！噢——救命啊！」我聽見馬蒂的叫聲，接著我看到他倒下，跪倒在

草地上。

兩隻手握住他的腳踝，另外兩隻綠手從泥土中伸出，抓住了他的手腕。

「下──來──，下──來──陪我們。」悲傷的聲音不停呻吟。

「不──！」我尖叫，瘋狂拚命地拉扯著。

出乎我意料，我掙脫開來了。

一隻腳陷入柔軟的草地，我往下瞥了一眼，我的運動鞋滑了下來。那隻手仍然握住運動鞋，但我的腳是自由的。

我高興得哭了，我彎下腰，扯下另一隻運動鞋。

我現在自由了，自由了！

我吃力地喘著氣，彎下腰迅速脫下襪子，我知道赤腳跑步會更容易，我扔掉襪子，接著急忙跑向馬蒂。

他的肚子朝下平躺著，六隻手將他壓制住，用力拉著他，使他整個身體扭曲顫抖。

當他看見我時，抬起頭喘著氣說：「艾琳──幫幫我！」

這句英文怎麼說

出乎我意料，我掙脫開來了。
To my surprise, I pulled free.

我跪下來，伸手脫下他的運動鞋。

綠色的手緊緊抓住運動鞋。馬蒂掙脫後踢了踢腳，並且試圖用膝蓋爬起來。

我握住一隻綠色的手，將它從馬蒂的手腕拉下。那隻手拍打了我一下，冰冷且用力的巴掌使我的手感到疼痛。

我不管它，繼續抓住另一隻綠色的手。

馬蒂翻了身，跳起來，上氣不接下氣，全身顫抖著，嘴巴開開，黑色眼睛睜得大大的。

「你的襪子——」我喘著氣大叫，「快脫下它們！」

他笨拙地將它們從腳上扯下來。

那些手瘋狂地想抓住我們。

數十隻手從泥土中伸出，數百隻手從高高的墓地雜草中伸向我們。

「下——來——，下——來——陪我們。」聲音持續的呻吟。

「下——來——，下——來——」十幾個虛弱的聲音從地底下傳來。

馬蒂和我被凍結了。

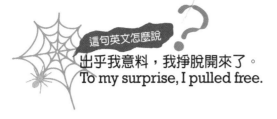

虛弱悲傷的聲音似乎催眠了我。

我的雙腿突然感覺像石頭做的一樣。

「下——來——，下——來——」

我看到一個綠色的頭從泥土中冒出來，接著是另一個頭，還有另一個。那是有著空洞眼窩和無牙嘴巴的綠色禿頭。

我看到肩膀，接著看見手臂。

有更多的頭顱冒出來，亮綠色的身體從地底下拉上來。

「馬、馬蒂……」我倒抽一口氣，「它們來追我們了！」

這句英文怎麼說

我的雙腿突然感覺像石頭做的一樣。

My legs suddenly felt as if they were made of stone.

17.

當醜陋的綠色軀體從地底拉起時，公墓裡響起各種嘟囔和呻吟聲。

我瞥了一眼它們破爛不堪的衣服、黑黑的眼窩和沒有牙齒的笑容。

然後我開始奔跑。

馬蒂和我一言不發的跑起來，並肩齊行，飛奔過那排彎曲墓碑之間的高高草叢。

心臟在胸口怦怦地跳著，我的頭感到抽痛，赤腳陷入寒冷的泥土，在高大潮濕的草地上滑行。

馬蒂率先抵達了木門。

他跑得非常努力，還撞到了柵欄。

他發出一聲喊叫，接著滑過大門，跑到驚嚇街上。

我能聽到身後令人作嘔的綠人發出詭異的呻吟聲。

但是我不敢往後看，我衝向大門，擠身過去，接著向後把門甩上。

跑到街上後，我停下來喘氣。

我彎下腰，用雙手壓著膝蓋，腦袋旁邊隱隱作痛。

我大口大口地吸氣。

「別停下來！」馬蒂瘋狂大喊，「艾琳——繼續跑！」

我深吸了一口氣，跟著他走在街上。

我們赤腳走在人行道。

我仍然可以聽到背後的呻吟聲和呼叫聲，但是我害怕得不敢回頭看。

「馬蒂——其他人在哪裡？」我喘著氣喊道。

驚嚇街上空無一人，所有房子和商店都一片漆黑。

這裡不是應該有人嗎？我思索著。

這是一個大型的電影製片廠，替恐怖生物製片廠工作的人在哪裡？參與製片

為什麼沒有人在附近幫我們？
Why isn't anyone around to help us?

廠導覽的工作人員在哪裡？

為什麼沒有人在附近幫我們？

「事情不對勁！」馬蒂吃力地說，全速奔跑著，我們通過了恐怖五金行和驚嚇城市電器行，「機器人失去控制之類的！」

馬蒂總算同意了我的看法，他終於認同這裡出了可怕的錯誤。

「我們必須找到妳爸爸，」馬蒂繼續說，一邊跑到對街，進入下一個有著黑暗房屋的街區，「我們必須告訴他這裡出事了。」

「我們必須找到電車，」我大叫，努力跟上他，「喔——！」

我的赤腳踩到了硬物，一塊石頭或什麼的。

疼痛感蔓延到我的腿，但是我蹣跚地繼續前進。

「假如我們回到電車上，它會帶我們回去爸爸那裡。」我說。

「這裡一定有路可以走出驚嚇街，這只是一個電影場景。」

我們跑步經過一個有雙塔的高聳房子，它看起來像一座邪惡的城堡。我不記得它有出現在任何一部恐怖生物的電影中。

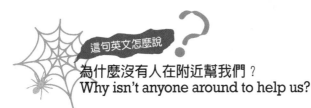

房子後面延伸出一大塊空曠泥地，泥地後方是一面低矮磚牆，僅僅比馬蒂和我高一到兩英尺（三十到六十公分）。

「從這裡切過去！」我告訴馬蒂，「如果我們可以爬上那堵牆，可能會看到製片廠的道路。」

這只是我的猜測，但是值得一試。

我們同時轉身進入空地。

我的赤腳拍打在柔軟的泥土上。

泥土感覺起來冰冷潮濕。

當我們越過那塊空地時，腳底掃起一塊塊的泥漿。

隨著泥漿變得更軟，我用力抽動雙腿，赤腳漸漸陷了進去。

奔跑時，冰冷的泥漿淹到了我的腳踝。

當我們遇到排水坑時，馬蒂和我已經非常接近磚牆。

「呀啊——！」地面在腳下坍塌，我們都發出嘶啞的喊叫聲。

當我們沉下去時，潑濺起來的泥漿令人非常不舒服。

這句英文怎麼說

這只是我的猜測，但是值得一試。
I was just guessing. But it was worth a try.

我迅速舉起雙手，試圖抓住東西。

可是那裡沒有任何東西可以抓。

泥漿從四周冒出來，到達我的腳踝、小腿，甚至超過了我的膝蓋。

這種感覺真是糟糕透頂。

我試圖再次大聲叫喊，但是驚慌使我的喉嚨無法發聲。

我瞥了一眼身旁的馬蒂，他的手臂瘋狂地揮舞著。

當他下沉時，整個身體扭來扭去，泥漿高度超過了他的腰，而且他仍然在快速下沉中。

我用力踢，試著抬起我的膝蓋。

但是我被困住了，往下掉，陷入黑暗潮濕的爛泥中。

我沾滿泥濘的手臂拍打著表面。

我無法讓自己停止下陷。

泥漿湧到我的脖子上，我不斷下陷……

18.

我停止呼吸，泥漿上升到我的下巴。

我想，一秒之內，它就會蓋過我的頭。

我發出一聲啜泣。

泥漿爬得更高了，已經超越我的下巴，當它接觸到我的嘴巴時，我開始用力吐出它。

接著我感覺有東西抓住我的手臂。強壯的手滑到我的手臂下方，我感到那雙手在泥漿中滑動。

它們用力地握住我。

我感覺自己被拉起，被一個非常強壯的人拉起來。

這句英文怎麼說

我轉身看是誰救了我。
I turned to see who had rescued me.

當我站起來時，泥巴從我的胸部、雙腿和膝蓋滑落，發出響亮的撲通聲。
我站在地表上，仍然被兩隻有力的手握住。
「馬蒂！」我大喊，嘗到了我唇上的酸臭泥巴，「你……？」
「我上來了！」我聽見他嘶啞的回答，「艾琳，我沒事！」
強壯的雙手終於放開了。
我的雙腿抖著，身體搖晃，但是保持站立著。
我轉身看是誰救了我。
卻對上了一隻野狼的閃亮紅眼。
一個擁有野狼面孔的人類，像螯一般的手覆蓋著黑色毛髮，一條長長的棕色鼻子彎曲著，展現露齒的笑容，尖耳朵在一簇厚實的黑色狼毛上方。
是一個女人，她穿著銀色的緊身連衣褲，光滑又緊身。當我目瞪口呆時，她張開嘴巴發出低沉的咆哮。
我立刻認出了她，是狼女孩！
我轉身去看她的同伴狼男孩，他把馬蒂從泥坑裡拉出來，馬蒂的整個身體都沾滿了泥巴，他試著擦了擦臉，可是卻在臉頰上抹了更多泥巴。

「你們救了我們！謝謝你們！」我終於找回聲音大喊。

兩隻狼人用低聲咆哮回應。

「我們、我們把電車搞丟了，」我向狼女孩解釋，「我們必須回去，妳知道，回到遊樂設施的起點。」

她發出尖銳的咆哮聲，接著用力張開露齒的下巴。

「拜託……」我哀求著，「妳能幫我們回到電車上嗎？還是可以帶我們到主建築物那？我爸爸正在那裡等我。」

狼女孩的紅色眼睛發亮，再一次咆哮。

「我們知道你們只是演員！」馬蒂脫口而出，「但是我們不想再感到害怕，今天的驚嚇已經夠了，好嗎？」

兩個狼人咆哮著，一長串白色口水從狼男孩的黑色嘴唇裡流了出來。

我突然無法控制情緒，完全失去了理智，「停止！」我尖叫，「停下來！馬蒂是對的！我們現在不想再感到害怕，所以停止扮演狼人了，幫幫我們吧！」

這句英文怎麼說

我使盡所有力氣拉扯那個面具。
I tugged the mask with all my strength.

狼人們再次咆哮，狼女孩動了動下巴，長長的粉紅色舌頭滑了出來，她飢腸轆轆地舔著鋸齒狀的牙齒。

「夠了吧！」我尖聲叫道，「停止這個行爲！停下來！停下來！」

我感到非常生氣，怒氣衝天，我伸出雙手，抓住狼女孩面具兩邊的毛髮。

我使盡所有力氣拉扯那個面具。

拉扯著它，盡我所能的用力拉扯。

觸感卻像眞的毛髮，還有溫熱的皮膚。

那不是一張面具。

19.

「噢！」我倒抽一口氣，迅速抽回雙手。

狼人的一對紅眼閃閃發光，她分開黑色嘴唇，舌頭又一次在黃色的尖牙上甩動。

我往後靠在磚牆，全身忍不住發抖。「馬、馬蒂……」我結結巴巴地，「這不是演戲。」

「啊？」馬蒂僵硬地站在狼男孩面前，黑色眼睛在他泥濘的臉上瞪大。

「牠們不是演員，」我低聲說，「這裡不對勁，出了嚴重的錯誤。」

馬蒂張大了嘴巴，往後退了一步。

兩個狼人都發出低吼聲，牠們低下頭，好像準備攻擊。

這句英文怎麼說

我認為他害怕到無法說話。
I think he was too terrified to talk.

「這下你相信我了嗎？」我大叫，「你終於相信我了嗎？」

馬蒂點了點頭，一個字也沒說，我認為他害怕到無法說話。

口水從狼人的嘴巴裡湧出來，眼睛在黑暗中像火一樣發光，毛茸茸的胸部開始上下起伏，呼吸聲漸漸大聲且變得粗啞。

當兩個狼人抬起頭，發出令人恐懼的長嚎聲時，我跳回了牆邊。

牠們打算對我們做什麼？

我抓住馬蒂，把他拉到牆邊，「上面！」我大叫，「上去！或許在上面牠們無法碰到我們！」

馬蒂高高地跳起，伸出他的雙臂。

他的手拍到牆壁頂端，接著往下滑落。

他再次嘗試，彎著膝蓋跳起來，抓到牆壁頂端，卻又向下滑回去。

「我辦不到！」他哀號道，「牆壁太高了。」

「我們必須做到！」

我轉身回去，看到兩個狼人的後腿躬屈，接著彈起。

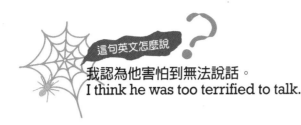

現在牠們不停咆哮吼叫，濃密的唾液在咬緊的牙齒間滾動。

「上去！」我大叫。

當馬蒂再次往牆上跳起時，我伸手抓住他泥濘的雙腳，「上去！」我用力幫他推進。

他的雙手在空中揮舞，碰到了磚牆頂端，並且攀住。

他的赤腳在空中踢動。他堅持住，並將自己往上拉。

他跪在牆壁上面，轉身要抓我的雙手，他拉，我跳。我掙扎著往他的身邊攀爬。但是我無法抬高我的膝蓋，無法撐到牆壁上。

我的赤腳瘋狂擺動。

當馬蒂拉扯時，我的膝蓋擦到了牆壁。

「我做不到！我不行！」我喘著氣說。

狼人們再次嚎叫。

「繼續努力！」馬蒂喘著氣說，他拉著我的手臂，用盡他所有力量拉扯。

當兩個狼人跳起時，我仍然在掙扎。

這句英文怎麼說

當兩個狼人跳起時，我仍然在掙扎。
I was still struggling as the two werewolves leaped.

20.

我聽見下巴咬合的聲音。

感覺腳底有熱熱的呼吸。

兩隻狼人朝著牆上重擊。

伴隨著聲嘶力竭的叫聲，我跳到了頂端，平貼在磚塊上，大口喘著氣。

我及時抬起頭，看到兩個咆哮的狼人再次跳躍。

下巴咬緊在我面前，紅色眼睛飢腸轆轆地瞪著我。

「不——！」一聲叫喊後，我蹣跚地站起來。

狼人們抬起頭發出怒吼，準備再次攻擊。

馬蒂和我緊靠著站立，低頭瞪著他們。

牠們跳起來。

爪子刮在磚頭上，尖銳的刺耳聲使我不寒而慄，牠們猛咬著牙齒。

牠們往下掉，激動的咆哮，準備再跳一次。

「我們不可能永遠待在這上面！」馬蒂大叫，「我們該怎麼辦？」

我瞇起眼看著眼前一片黑暗，牆的另一邊是通往製片廠的道路嗎？

但是漆黑到無法分辨。

狼人們又跳了起來，鋸齒狀的牙齒擦到了我的腳踝。

我往後跳，差點跌下牆壁。

我和馬蒂互相碰撞，目光緊盯著兩個吼叫的生物，牠們準備再次跳躍。

那把槍！那把塑膠電擊槍！

我的已經掉了，可能被埋在那個泥坑裡。

我的目光落在了馬蒂的槍上，槍柄從他的牛仔褲口袋裡冒出來。

我一言不發，握住了槍柄，從馬蒂的牛仔褲拉出塑膠槍。

「嘿！」他大叫，「艾琳——妳在做什麼？」

這句英文怎麼說

我往後跳，差點跌下牆壁。
I jumped back. Nearly toppled off the wall.

「他們把槍給我們是有原因的。」我在兩個狼人令人恐懼的吼叫中大聲高喊，「或許這個能讓牠們停下來。」

「它、它只是一個玩具！」

無所謂，值得一試。

也許它可以嚇到牠們；也許可以傷害牠們；也許可以趕走牠們。

我舉起塑膠槍，當兩個狼人又一次進攻時，我瞄準了牠們。

「一──二──三──開槍！」

我扣下扳機，一次，又一次，再一次！

21.

槍發出嗡嗡聲，射出一道黃光。

好！我心想。希望有用！我祈禱那束光能阻止牠們。

畢竟這是電擊槍對吧？嗡嗡聲和明亮的光束會令牠們昏迷，讓牠們凍結在原處，以便馬蒂和我可以逃脫。

我用力扣下板機，再一次，再一次。

但它沒有阻止狼人，甚至沒有讓牠們感到驚訝。

牠們跳得更高，我感到尖利的爪子抓傷了我的腿，我痛得哭出聲。

塑膠槍從我的手中飛了出去。

它在牆壁頂端發出響亮的撞擊聲，接著滑到了地面。

這句英文怎麼說

塑膠槍從我的手中飛了出去。
The plastic gun flew out of my hand.

果然只是一個玩具。

馬蒂是對的，它不是真正的武器，只是一個愚蠢的玩具。

「小心！」當咆哮的生物再一次高高跳起時，馬蒂張口發出尖叫聲。

爪子擦到磚頭，接著攀住。紅紅的眼睛瞪著我，溫熱的呼吸使我的皮膚發麻。

「噢！」當我失去平衡時，我的手臂往上揮舞。我努力站直，但是膝蓋彎曲了，腳滑了下去。

我試圖抓住馬蒂，卻撲了個空。

接著倒了下去，我的背部重重落在牆的另一側。

我驚恐地向上望，看見馬蒂跳到我旁邊。

兩個狼人現在在牆頂上。牠們俯視著我們，紅色眼睛閃閃發光，吐出舌頭，用力喘氣。

牠們準備突襲。

馬蒂將我拉起來，「跑！」他嘶啞地吼叫，驚恐地睜大雙眼。

狼人在我們上方咆哮。

地面似乎在傾斜，我仍然感到頭昏眼花，掉下來後有點恍惚。「我們……我們跑不過牠們的！」我呻吟道。

我聽見隆隆聲和噠噠聲。

馬蒂和我轉過身，看見兩個黃色眼睛，在黑暗的天空中閃閃發光。

一隻生物的黃色眼睛朝我們呼嘯而來。

不，不是一隻生物。

隨著它越來越近，我可以認出它修長且線條流暢的形狀。

是那輛電車！電車在黃色車燈後面的道路上顛行，越來越接近。

太好了！我轉向馬蒂，他也看到了嗎？沒錯。

我倆一言不發，開始奔跑。

電車正在快速行進，我們不得不設法爬上它。

我們必須追上它！

我聽到後方狼人的嚎叫聲，一聲接著一聲的重擊，牠們跳下了牆壁。

電車的黃色大燈掠過我們。

這句英文怎麼說

我無法及時停下來。
I couldn't stop in time.

當狼人追逐我們時，還不時怒吼咆哮著。

馬蒂在我前面幾英尺處，向前彎腰，低著頭，雙腳狂亂地跑著。

電車越來越近，越來越近。

嚎叫中的狼人在我們身後幾英寸，我幾乎可以感覺到牠們呼吸的熱氣就在我脖子後面。

再過幾秒鐘，再過幾秒鐘——馬蒂和我將會跳起來。

我看著電車衝過一個彎道，黃色大燈掃過黑暗的道路。

我一直盯著前車，深吸一口氣，準備跳起來。

下一刻馬蒂卻跌倒了。

我看到他伸出雙手，驚訝地張開嘴巴，整個人驚恐萬分。

他被自己的赤腳絆倒摔在地上，肚皮狠狠著地。

我無法及時停下來，直接衝向他，被他絆倒。

我重重摔在他的身上，然後眼睜睜看著電車急速經過我們身旁。

22.

「嗷嗚——！」兩個狼人發出了勝利的長嚎聲。

我心跳不已，掙扎著爬起來，「起來！」我瘋狂地用雙臂將馬蒂拉起來。

我們開始跑在電車後方，赤腳重擊在堅硬的道路上，最後一節車在我們前方幾英尺顛行著。

我先靠近它，伸出我的右手，抓住車廂後面。

我拚命跳起來，抬起自己，往上，進到了最後一個座位。

我努力喘氣，轉身發現馬蒂在電車後面奔跑，他的雙手伸到電車後面，

「我……我辦不到！」他上氣不接下氣地喊道。

「跑啊！你一定要追上！」我喊叫著。

這句英文怎麼說

我努力喘氣。
Struggling to catch my breath.

在他的身後，我可以看到狼人奔跑接近中。

馬蒂加快速度，雙手抓住車子後部。

電車將他拖了幾英尺，直到他將自己甩進車廂，落在我旁邊的座位上。

太好了！我開心地想著，我們辦到了！我們擺脫了那些怒吼的狼人。

但我們眞的擺脫了嗎？

牠們會跟著我們跳上電車嗎？

我渾身發抖轉過身，看著狼人漸行漸遠。牠們跑了一段時間後放棄了。

牠們站在路上，彎腰認輸，眼睜睜看著我們逃走。

我們逃走了，多麼美好的詞句啊。

馬蒂和我互相微笑，我給他一個擊掌。

我們大口喘著氣，渾身都是泥巴，我的雙腿因爲跑步而疼痛，赤腳抽痛著，心臟因爲可怕的追逐仍然怦怦亂跳。

但是我們逃脫了，目前在電車中很安全，正在返回出發月台的路上，回去我父親那邊。

「我們必須告訴妳爸爸這個地方一團混亂。」馬蒂氣喘吁吁地說道。

「這裡出了可怕的錯誤。」我認同。

「那些狼人……牠們不是在開玩笑，牠們……牠們是眞的，艾琳，牠們不是演員。」

我點點頭，因爲馬蒂終於認同我而感到高興。而且他不再假裝勇敢，沒有假裝這一切都是機器人和特效。

我倆都明白我們面臨了眞正的危險，眞正的怪物。

恐怖生物製片廠出了嚴重的問題。

爸爸說他想要一份完整的報告，嗯，他會拿到的！

我坐進位子，試圖冷靜下來。

但是當我意識到我們並不孤單時，我再度挺直身體。「馬蒂——你看！」我指著電車前面，「我們不是唯一的乘客。」

實際上，每節電車似乎都擠滿了人。

「這是怎麼回事？」馬蒂小聲說，「妳爸說我們是唯一的參與者，現在電車

這句英文怎麼說

恐怖生物製片廠出了嚴重的問題。
Something was terribly wrong at Shocker Studios.

是——噢！」

馬蒂來不及講完，他的嘴巴張大吸氣，眼睛睜得大大的。

我也倒抽了一口氣。

電車上的其他乘客同時轉過身，我看到他們咧嘴笑的下巴，黑暗而空洞的眼窩，灰白的頭骨。

是骷髏，其他乘客都是咧嘴笑的骷髏！

它們的下巴在乾笑聲中打開。

殘酷的笑聲聽起來像狂風在光禿禿的樹林中咆哮。

當它們舉起泛黃的骷髏手指向我們時，骨頭還不停嘎嘎作響。

電車載著我們不斷加速越過黑暗時，頭骨也不時上下擺動彈跳。

馬蒂和我跌落在座位上，全身顫抖，瞪著咧嘴笑的頭骨，指明方向的手指。

它們是誰？

它們是怎麼坐上這班電車的？

它們打算帶我們去哪裡？

23.

骷髏發出粗重的笑聲，骨頭嘎嘎作響。

泛黃的頭骨在喀喀作響的肩膀骨頭上鬆動彈跳著。

電車加快了速度，我們在黑暗中飛奔。

我強迫自己轉過頭不看咧嘴笑的頭骨，向外凝視周遭。

在樹木之外，我可以看到製片廠的低矮建築，當我凝視時，它們變得越來越小，逐漸消失在夜晚的黑暗中。

「馬蒂，我們不是在回主月台的路上，我們朝著錯誤的方向，正在遠離所有建築物。」

他用力吞口水，我可以看到他眼中的慌張。「我們該怎麼辦？」他驚喘地問。

這句英文怎麼說

我們不是在回主月台的路上。
We're not going back to the main platform.

「我們必須下車！我們必須跳車！」

馬蒂在座位上一直往下降，直到他所能做的最低高度。

我認爲他正試圖躲開那些骷髏。

現在他抬起頭，偷看電車側面。「艾琳，我們不能跳！我們的速度太快了。」

他說得對。

我們在路上狂飆，電車持續加速。

樹木和灌木叢像昏暗的模糊影子颼地飛過。

當我們嘎的一聲急轉彎時，一棟高大建築物躍入我們的行進路線。

是一座城堡，沐浴在旋轉的聚光燈下，灰色和銀色的雙塔延伸向天空，堅固的石牆從馬路上升起。

那條馬路，它直接彎向城堡的牆壁，馬路的盡頭就是那道牆壁。

我們在路上呼嘯，而且仍在加快速度。

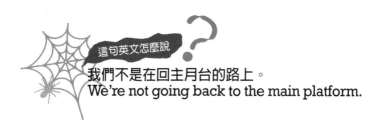

朝著城堡呼嘯而去。

骷髏們嘎嘎作響，發出乾枯刺耳的笑聲。當我們衝向城堡時，它們在座位上彈跳，骨頭互相碰撞，興奮地跳了起來。

離城堡越來越近了。

我們朝向它，直直往堅固的石牆去，即將朝它撞個粉碎。

這句英文怎麼說

他的肚子著地。
He hit the ground on his stomach.

24.

我的雙腿發抖，心臟怦怦跳，但是我設法從座位上站起來。

我深吸了一口氣，屏住呼吸，閉上眼睛，接著往下跳。

我側身著地，翻滾了起來。

我看到馬蒂猶豫了一下，電車還在不停彈跳，馬蒂跳向旁邊。他的肚子著地，往後持續翻滾。

我在一棵樹下停住，轉頭看向城堡，及時看到電車沒入石牆。沒有發出任何聲響。

第一節電車碰到了城堡牆壁，直接穿過它。十分安靜。

我可以看到骷髏們在蹦蹦跳跳。

接著我看見車廂一節接著一節的，都穿進城堡牆壁，無聲無息地消失在牆壁之間。

幾秒鐘後，電車消失了。

路上一片沉寂。

城堡牆上的聚光燈變得暗淡。

「艾琳，妳還好吧？」馬蒂虛弱地喊著。

我轉身發現他四肢著地在路的另一邊。

我艱難地站起來，身體的一側受到擦傷，還好不是太嚴重。

「我沒事，」我指著城堡，「你看見那個了嗎？」

「我看見了，」馬蒂緩慢站起來，「但是我不相信，」他伸展了一下身體，「電車是如何穿過牆壁的？妳認爲城堡不是眞的在那裡嗎？那是視覺上的錯覺吧？或者是某種戲法？」

「有一個簡單的方法可以知道。」我建議。

這句英文怎麼說

有一個簡單的方法可以知道。
There’s an easy way to find out.

我們在路上並排行走。

風使樹木沙沙作響，彷彿在我們周圍低語。

我的赤腳感覺得到人行道的冰冷。

「我們必須找到我爸，我確定他可以替我們解釋每件事情。」

「我希望如此。」馬蒂喃喃自語道。

我們走到城堡牆壁，我伸出雙手，期望它們能直接穿過。

但是我的手拍到了堅固的石頭。

馬蒂放低肩膀，將其推向城堡牆壁，他的肩膀砰地撞在牆上。

「它是堅硬的，」馬蒂搖搖頭，「它是一面真的牆壁，那麼電車是如何通過的？」

「那是一輛幽靈電車。」我小聲說，用我的手摩擦冰冷的石頭。「一輛坐滿骷髏的幽靈電車。」

「但是我們剛才坐在裡面！」馬蒂大聲叫道。

我用雙手拍打著牆壁，「我討厭神祕！」我嚎啕大哭，「我討厭害怕！我討厭狼人和怪物！只要我活著，我就再也不看任何一部恐怖電影了！」

「妳父親可以解釋這一切，」馬蒂搖搖頭輕聲說道，「我確定他可以。」

「我不想要聽他解釋！」我哭喊著，「我只想離開這裡！」

我們緊靠在一起，一直走到城堡的另一側。

我聽見背後有奇怪的動物嚎叫聲，令人恐懼的咯咯聲穿過頭頂上方。

我忽視所有聲音。

我不再去想它們是眞的怪物或是假的。

我不願想起我們遇到的恐怖生物，或者馬蒂和我有過的死裡逃生。

我不想思考。

在城堡後面又出現了道路。「我希望我們朝著正確的方向前進。」我喃喃自語，跟著它彎進山丘。

「我也希望。」馬蒂用微小的聲音回應。

我們加快了腳步，在馬路中間快速行走。

我們試著不去注意那些似乎一路跟著我們的動物尖叫聲、刺耳哭聲、嚎叫聲

這句英文怎麼說

我希望我們朝著正確的方向前進。
I hope we're going in the right direction.

和呻吟聲。

這條路出現上坡，當我們爬坡時，馬蒂和我傾身向前。令人恐懼的哭聲和嚎叫聲跟著我們上山。

當我們接近山頂時，我看到了幾座低矮的建築物。

「太好了！」我大叫，「馬蒂──看！我們一定是朝著主月台的方向前進。」

我開始朝著建築物慢跑，馬蒂緊跟在後面小跑著。

當我們了解到自己在哪裡時，我們都停了下來。

我們回到了驚嚇街。

不知爲何，我們繞了一圈。

經過老房子和小商店，驚嚇街公墓進入了我們的視線。

凝視著柵欄，我想起了綠色的手從地面伸出來，綠色的肩膀和綠色的臉，許多隻手拉著我們，將我們拉下去。

我全身顫抖。

我不想回到這裡。

我再也不想看到這條恐怖的街道。

但是我無法轉身離開墓地。

當我瞪著對街的舊墓碑時，我看到某個東西在動。

一縷灰色物體，就像一朵小小的雲。

它從兩塊彎曲的舊石頭之間升起，默默地飄到空中。

接著另一團灰色物體從地上升起，還有另一個。

我瞥了馬蒂一眼，他站在我旁邊，雙手放在腰上，用力注視著，他也看見了。

灰色煙霧像雪球或棉花一樣靜靜升起，數十個從墳墓中飄浮出來。

飄過公墓和街道。

飄浮在馬蒂和我的上方，低空徘徊。

當我們往上盯著它們看時，它們開始長大，就像灰色氣球一樣在膨脹。

我看到裡面出現臉孔，黑暗的臉孔刻在陰影中，就像童話故事裡的「月中人」。

那些臉孔對著我們怒目而視，老臉佈滿皺紋，眼睛瞇成黑暗的縫隙。

這句英文怎麼說

我再也不想看到這條恐怖的街道。
I never wanted to see this terrifying street again.

還有皺著眉頭的臉，嘲笑的臉，都在白色煙霧裡。

我抓住馬蒂的肩膀。

我想奔跑、離開，不想待在它們的下方。

但是，就像煙霧一樣，帶著邪惡面孔的薄霧盤旋下來，圍繞著我們，困住了我們，將我們困在裡面。

那些臉孔，醜陋、怒目而視的臉，在我們周圍旋轉，轉得越來越快，使我們陷入窒息的薄霧漩渦。

25.

我用手捂住眼睛，試圖把它們拒之在外。

我陷入恐慌動彈不得，我無法思考，無法呼吸。

當幽靈般的雲團在我們周圍旋轉時，我聽見刺耳的狂風聲。

接著我聽到一個男人的聲音在風中大喊：「卡！把那個鏡頭沖洗出來！很精采的畫面，各位！」

我慢慢放下手，張開眼睛，吐出一口長長的氣息。

一個男人大步走向馬蒂和我。

他穿著牛仔褲，還有一件灰色運動衫搭配一件棕色皮夾克。他頭上側戴著藍白色道奇鴨舌帽，一束金色馬尾從帽子下面冒出來。

這句英文怎麼說

你們看起來非常害怕。
You looked really scared.

他一隻手拿著寫字夾板，脖子上掛著銀色哨子。他向馬蒂和我微笑，並對我們豎起大拇指表示讚許。

「嘿，兩位好，我是魯斯・丹佛，表現得很好！你們看起來非常害怕。」

「呃？」我嘴巴張開大叫，「我們是眞的很害怕！」

「我好高興能見到一個眞正的活人！」馬蒂大喊。

「這個導覽糟透了！那些生物……牠們是活生生的！牠們試圖傷害我們！牠們眞的做了！這一點都不好玩！這不像一個遊樂設施！」這些話連珠炮似地從我口中說出來。

「眞的很噁心！狼人衝向我們，還把我們追上了牆！」馬蒂驚呼道。

我們兩個人立刻開始講話，告訴丹佛所有旅程中發生的恐怖事件。

「哇啊！哇啊！」他帥氣的臉上掛著微笑，一邊舉起寫字夾板好像爲了保護自己，「那些全是特效，沒人向你們解釋我們在這裡拍電影嗎？還有我們正在拍攝你們的反應嗎？」

「不，沒人解釋那些，丹佛先生！」我生氣地回答，「我爸爸帶我們來這裡，他設計了製片廠導覽，而且他說我們是第一個體驗的人，但他沒有告訴我們任何有關拍電影的事。我眞的以爲……」

我感到馬蒂的手搭在我的肩膀上，我知道馬蒂想讓我冷靜下來，但是我不想冷靜。

我眞的很生氣。

丹佛先生轉向他身後一群在街上的工作人員說：「大家休息三十分鐘，去吃晚餐。」

那些人交談著離開。丹佛先生轉過頭面對我們，「妳父親應該要向你們解釋……」

「沒事了，眞的，」馬蒂插話道，「我們只是有點被嚇到，所有生物都很眞實，而且我們都沒有看到其他人，你是我們整個下午見到的第一個眞人。」

「我爸爸一定很擔心，」我告訴這位電影導演，「他說他會在主月台上等我們，你能告訴我們如何到達那裡嗎？」

「沒問題，」丹佛先生回答，「看到那邊開著門的大房子嗎？」他用寫字夾

這句英文怎麼說

看到那邊開著門的大房子嗎？
See that big house there with the open door?

板指著。

我和馬蒂盯著對街的房子，一條狹窄的小路通往那棟房子，敞開的前門內部發出淡黃色的光芒。

「那是『嚇克洛的驚嚇屋』，」導演解釋，「直接走進那扇門，穿過房子。」

「但是我們不會在那裡被嚇了吧？」馬蒂問，「在電影中，進入嚇克洛房子的人都會被兩千萬伏特電力電到！」

「那只會出現在電影裡，」丹佛先生回答，「這房子只是一個場景，非常安全。穿過房子接著從後面出去，你會看到街道另一側的主建築物，絕不會錯過的。」

「謝謝你！」馬蒂和我同時高喊。

馬蒂轉身開始全速奔向房子。

我轉向丹佛先生。「我很抱歉前面大呼小叫的，我只是很害怕，我以為……」

我倒抽一口氣。

丹佛先生已經轉身過去，我看到很長的電源線，一條插入他背部的電源線。

他不是眞正的人類，不是電影導演，他是某種機器人！

他像其他人一樣是假的，他在騙我們，說謊！

我轉過身用雙手在嘴巴上圈成杯狀，開始跑步，瘋狂地向馬蒂喊著：「不要進去！馬蒂——停下來！不要進去那棟房子！」

太晚了。

馬蒂已經跑進去那扇門。

這句英文怎麼說

我知道他沒有說實話。
I knew he wasn't telling the truth.

26.

「馬蒂——等一下！停下來！」我一邊奔跑一邊大叫。

我必須阻止他。

那個導演是假的，我知道他沒有說實話。

「馬蒂——拜託！」

我的赤腳踩著堅硬的人行道，當馬蒂小跑進去時，我才跳上小徑。

「停下來！」

我飛奔到門口，伸出雙手，做出瘋狂的俯衝姿勢打算撲倒他。

卻撲了個空。

我肚子朝下滑過了走道。

馬蒂進屋時，我看到閃爍的白光，按著聽到一聲巨響。

然後是尖銳的電擊劈啪聲。

房間在閃光中爆炸，光線明亮到我不得不遮住眼睛。

當我睜開眼睛時，我看到馬蒂臉朝下躺在地板上。「不——！」我發出可怕的哀號聲。

我艱難地爬起身，衝進房子裡面，我也會被電擊嗎？

我不管了，我必須去馬蒂那裡，我必須幫他離開那裡。

「馬蒂！馬蒂！」我一次又一次地喊著他的名字。

他動也不動。

「馬蒂——拜託！」我抓住他的肩膀，開始搖晃他，「醒一醒，馬蒂！振作起來啊！馬蒂！」

他沒有睜開眼睛。

我突然感到一陣寒意，一道黑影滑過來籠罩住我。

我隨即意識到我不是獨自一人在這個房子裡。

這句英文怎麼說

快想想辦法，爸爸！
Do something, Dad!

27.

我倒抽一口氣轉身。

是嚇克洛嗎？還是其他恐怖的生物？

一個高大的輪廓俯身在我上方，我在黑暗中瞇起眼睛，努力看清他的臉。

「爸爸！」當他成爲視線焦點時，我哭叫道，「爸爸！我好高興能見到你！」

「艾琳，妳在這裡做什麼？」他壓低嗓子問。

「是、是馬蒂！」我結結巴巴地回應，「爸爸，你必須幫幫他，他被電擊了，而且他……他……」

爸爸靠得更近，眼鏡後面的棕色眼睛很冰冷，臉色很不好看。

「快想想辦法，爸爸！」我哀求道，「馬蒂受傷了，他都沒有動，也沒有睜

開眼睛。爸爸，製片廠導覽眞是太糟糕了！事情不對勁，發生了可怕的錯誤！」

他沒有回答，俯身靠得更近。

當他的臉來到柔和的燈光下時，我發現他不是我父親！

「你是誰？」我尖聲喊道，「你不是我爸爸！爲什麼你不幫我？爲什麼你不幫馬蒂？快想想辦法啊——求求你！我爸爸在哪裡？他在哪裡？你是誰？幫幫我！有人在嗎？幫幫我！啊啊——幫馬馬——爸爸——馬馬馬——達達達——」

這句英文怎麼說

你的兩個小孩機器人怎麼了？
What happened to your two kid robots?

28.

萊特先生低頭凝視著艾琳和馬蒂，他不悅地搖搖頭，閉上眼睛，然後長嘆了一口氣。

工作室其中一位工程師賈瑞德．柯提斯跑進驚嚇屋。「萊特先生，你的兩個小孩機器人怎麼了？」

萊特先生再度嘆氣，「程式問題。」他咕噥道。

他指著艾琳機器人，她一動也不動地跪在馬蒂機器人旁邊，「我不得不把那個女孩關掉，她的記憶晶片一定是壞掉了，艾琳機器人應該把我當作她的父親，但是剛才她不認得我。」

「那馬蒂機器人呢？」賈瑞德問。

「完全當機了，」萊特先生回答，「我認爲是電力系統短路。」

「眞可惜。」賈瑞德嘆氣，彎腰將馬蒂機器人翻過來，他拉起T恤，在背部撥弄幾個儀表板，「萊特先生，讓機器人孩子測試樂園是個好主意，我想我們可以修好它們。」

賈瑞德打開了馬蒂背上的面板，瞇眼看著紅色和綠色的電線。「所有其他生物、怪物和機器人都能完美運作，沒有任何一個錯誤。」

「我昨天就該知道會有問題，」萊特先生說，「當時我們在我的辦公室，艾琳機器人問起她的母親。她是我親手打造的，哪來的母親。」

萊特先生舉起雙手，「噢，嗯，沒事，我們把這兩個重新編碼，放入新的晶片，它們很快就會像新的一樣。在向眞正的孩子開放樂園之前，我們將再次用它們測試恐怖生物製片廠導覽。」

他從賈瑞德手中拿走馬蒂機器人，將它甩在肩膀上，接著撿起艾琳機器人，把它扔到另一邊肩膀上，然後哼著曲子，將它們帶到工程大樓。

我能看見他眼中的恐懼。
I could see the fear in his eyes.

有人試圖衝出柵欄嗎？
Was someone trying to break through the fence?

我深吸一口氣。
I took a deep breath.

馬蒂從後面用力撞了我一下。
Marty bumped me hard from behind.

我猜是因為我們看起來有許多相似的地方。
I guess we do look a lot alike.

假如牠們都是真的呢！?
What if they are real?!

說點我不知道的事好嗎？
Tell me something I don't know.

爸爸和我長得一點也不像。
Dad and I don't look at all alike.

你每次都會被這招騙到。
You fall for that gag every time.

我盡可能讓它變得可怕真實。
I tried to make it as scary and real as I could.

我認為這樣對你們而言會更刺激。
I think that will make it more exciting for you.

我們會看到哪些怪物呢？
Which monsters are we going to see?

你撐不完整場導覽的！
You won't survive the tour!

你可以坐在任何你想要坐的地方。
You can sit anywhere you want.

我們很快發現這整件事是一個玩笑。
We soon realized the whole thing was a joke.

我希望你不會抱怨整個下午。
I hope you don't complain all afternoon.

我們到底會不會進去裡面啊？
Are we going inside or not?

我烤箱的門自行打開和關閉。
The oven door opened and closed by itself.

歡迎蒞臨寒舍！
Welcome to my humble home!

我真的以為你不見了。
I really thought you disappeared.

我試圖緩和狂跳的心臟。
I was trying to slow my racing heart.

我們被一群醜陋的生物包圍起來。
We were surrounded by the ugly creatures.

我可以跟你要親筆簽名嗎？
Can I have your autograph?

萬事通先生。
Mr. Know-It-All.

馬蒂知道我討厭蝙蝠！
Marty knows that I hate bats!

他的雙手還抓著車子前面。
Both of his hands gripped the front of the car.

我們同時將蠕蟲丟到電車外。
We both tossed our worms out of the tram.

牠們是從哪裡冒出來的？
Where are they coming from?

我舉起雙手，試圖將它推開。
I shot both hands up and tried to push it away.

我想知道接下來還會碰上什麼。
I wondered what we would run into next.

為什麼電車不動了呢？
Why wouldn't the tram get moving?

你故意嚇我。
You deliberately tried to scare me.

我們可以找到出路。
We can find a way out.

不要盯著我看，好像我做錯了什麼！
Don't stare at me as if I'm doing something wrong!

牠是一隻蚱蜢嗎？
Is it a grasshopper?

那隻昆蟲的前腿互相摩擦。
The insect rubbed its front legs together.

牠們在我們周圍形成一個圓圈。
These bugs are big enough to step on us!

這些蟲子體型大到足以踩在我們身上！
These bugs are big enough to step on us!

不過我享受這種感覺沒多久。
But I didn't have long to enjoy the feeling.

別再開這種愚蠢的玩笑了！
Don't play any more dumb jokes like that!

也許這次爸爸真的超越了自己。
Maybe Dad had really outdone himself this time.

瘋狂絞肉機仍然潛伏在那裡嗎？
Did The Mad Mangler still lurk back there?

你以前不會這麼膽小！
You didn't used to be such a total wimp!

幫我出去，我跌倒了！
Help me out. I fell!

那剩下的導覽呢？
What about the rest of the tour?

從墳墓裡伸出好多隻手。
Hands reaching up from graves.

出乎我意料，我掙脫開來了。
To my surprise, I pulled free.

我的雙腿突然感覺像石頭做的一樣。
My legs suddenly felt as if they were made of stone.

為什麼沒有人在附近幫我們？
Why isn't anyone around to help us?

這只是我的猜測，但是值得一試。
I was just guessing. But it was worth a try.

我轉身看是誰救了我。
I turned to see who had rescued me.

我使盡所有力氣拉扯那個面具。
I tugged the mask with all my strength.

我認為他害怕到無法說話。
I think he was too terrified to talk.

當兩個狼人跳起時，我仍然在掙扎。
I was still struggling as the two werewolves leaped.

我往後跳，差點跌下牆壁。
I jumped back. Nearly toppled off the wall.

塑膠槍從我的手中飛了出去。
The plastic gun flew out of my hand.

我無法及時停下來。
I couldn't stop in time.

我努力喘氣。
Struggling to catch my breath.

恐怖生物製片廠出了嚴重的問題。
Something was terribly wrong at Shocker Studios.

我們不是在回主月台的路上。
We're not going back to the main platform.

他的肚子著地。
He hit the ground on his stomach.

有一個簡單的方法可以知道。
There's an easy way to find out.

我希望我們朝著正確的方向前進。
I hope we're going in the right direction.

我再也不想看到這條恐怖的街道。
I never wanted to see this terrifying street again.

你們看起來非常害怕。
You looked really scared.

看到那邊開著門的大房子嗎？
See that big house there with the open door?

我知道他沒有說實話。
I knew he wasn't telling the truth.

快想想辦法，爸爸！
Do something, Dad!

你的兩個小孩機器人怎麼了？
What happened to your two kid robots?

雞皮疙瘩系列 41

驚嚇街的恐怖生物

原 著 書 名—— A Shocker on Shock Street
原 出 版 社—— Scholastic Inc.
作　　　者—— R.L. 史坦恩（R.L.STINE）
譯　　　者—— 連婉婷
企 劃 選 書—— 何宜珍
責 任 編 輯—— 劉枚瑛

版　　　權—— 黃淑敏、翁靜如、邱珮芸
行 銷 業 務—— 黃崇華、周佑潔、張媖茜
總 編 輯—— 何宜珍
總 經 理—— 彭之琬
事業群總經理—— 黃淑貞
發 行 人—— 何飛鵬
法 律 顧 問—— 元禾法律事務所 王子文律師
出　　版—— 商周出版
　　　　　　臺北市中山區民生東路二段 141 號 9 樓
　　　　　　電話：(02) 2500-7008 傳真：(02) 2500-7759
　　　　　　E-mail：bwp.service@cite.com.tw
　　　　　　Blog：http://bwp25007008.pixnet.net./blog
發　　　行—— 英屬蓋曼群島商家庭傳媒股份有限公司城邦分公司
　　　　　　台北市 104 中山區民生東路二段 141 號 2 樓
　　　　　　書虫客服專線：(02)2500-7718、(02) 2500-7719
　　　　　　服務時間：週一至週五上午 09:30-12:00；下午 13:30-17:00
　　　　　　24 小時傳真專線：(02) 2500-1990；(02) 2500-1991
　　　　　　劃撥帳號：19863813 戶名：書虫股份有限公司
　　　　　　讀者服務信箱：service@readingclub.com.tw
　　　　　　城邦讀書花園：www.cite.com.tw
香港發行所—— 城邦（香港）出版集團有限公司
　　　　　　香港灣仔駱克道 193 號超商業中心 1 樓
　　　　　　電話：(852) 25086231 傳真：(852) 25789337
　　　　　　E-mailL：hkcite@biznetvigator.com
馬新發行所—— 城邦（馬新）出版集團【Cité (M) Sdn. Bhd】
　　　　　　41, Jalan Radin Anum, Bandar Baru Sri Petaling,
　　　　　　57000 Kuala Lumpur, Malaysia
　　　　　　電話：(603)90578822 傳真：(603)90576622
　　　　　　E-mail：cite@cite.com.my

美 術 設 計—— 王秀惠
印　　　刷—— 卡樂彩色製版有限公司
經 銷 商—— 聯合發行股份有限公司
　　　　　　電話：(02)2917-8022 傳真：(02)2911-0053

■ 2020 年（民 109）8 月 6 日初版
■ 定價／250 元
著作權所有，翻印必究
ISBN 978-986-477-862-1

國家圖書館出版品預行編目 (CIP) 資料

驚嚇街的恐怖生物 / R. L. 史坦恩 (R. L. Stine) 著；連婉婷 譯.
-- 初版 . -- 臺北市：商周出版：家庭傳媒城邦分公司發行，
民 109.08 160 面；14.8 x 21 公分 . -- (雞皮疙瘩系列 ;41)
譯自：A Shocker on Shock Street
ISBN 978-986-477-862-1 (平裝)

874.596　　　　　　　　　　　　　　　　109008392

城邦讀書花園
www.cite.com.tw

Goosebumps®

Goosebumps®